Lillian Beckwith:
Ein frischer Wind vom Meer

Roman

Deutsch von Isabella Nadolny

Deutscher
Taschenbuch
Verlag

dtv

Von Lillian Beckwith
sind im Deutschen Taschenbuch Verlag erschienen:
In der Einsamkeit der Hügel (11648)
Die See zum Frühstück (11820)
Auf den Inseln auch anders (11891)

Deutsche Erstausgabe
Juni 1995
Deutscher Taschenbuch Verlag GmbH & Co. KG,
München

Titel der englischen Originalausgabe:
›A Rope – In Case‹ (Hutchinson & Co. Ltd.,
London 1968)

Umschlagtypographie: Celestino Piatti
Umschlagbild: Gisela Aulfes
Gesamtherstellung: C. H. Beck'sche Buchdruckerei,
Nördlingen
Printed in Germany · ISBN 3-423-12029-0

Das Buch

»Dem Glücklichen schlägt keine Stunde.« Seit Monaten ist ihre Armbanduhr kaputt, doch »Miss Peckwitt« vermißt sie nicht. In Bruach spielt Zeit keine Rolle. Auf den Hebriden gelten andere Gesetze als auf dem Festland. Das hat die ehemalige Lehrerin rasch gelernt. Längst ist sie als echte Crofterin von den Nachbarn anerkannt, kämpft sich mit ihnen gegen den Sturm zum Moor durch, um ihre einzige Kuh zu füttern oder für den Winter Torf zu stechen. Doch sie beobachtet noch immer scharf. ›Ein frischer Wind vom Meer‹ ist voll lustiger Geschichten und köstlicher Originale – von der gestrengen Miss Parry, deren Strickkunst den Beschenkten mehr Heiterkeit und Schwerarbeit als Wärme beschert, bis zu Angus, dessen Hochzeitsessen alle genießen außer seinem Vetter, dem Wildhüter. Alte Freunde wie Morag und Hector sind auch wieder dabei. Wenn es sein muß mit tatkräftiger Hilfe und oft recht seltsamen Ratschlägen …

Die Autorin

Lillian Beckwith wurde in Ellesmere Port/Cheshire geboren und hat fast zwanzig Jahre auf den Hebriden gelebt. Ihre Erfahrungen mit Land und Leuten hat sie in zahlreichen Romanen und Kurzgeschichten niedergeschrieben. Heute lebt sie auf der Isle of Man in der Irischen See.

Für Ted

Ein Seil für den Notfall

Der Märzmorgen war neblig. Graue, undurchdringliche, kreiselnde Schwaden kamen von der See hereingeweht und verweilten unentschlossen über dem Dorf Bruach, so daß die Häuser und Crofts in ständig wechselnden Mustern verschwanden und wieder auftauchten. Das ganze Land schien in tiefer Stille zu verharren, die das ferne Gluckern des Bachs und näher noch das Schaben der Wellen auf dem Strandkies kaum durchdrang. »Für jeden Nebeltag im März kriegen wir einen Zoll Schnee im Mai«, prophezeiten die alten Crofter. Dies war die erste Märzhälfte, und wir hatten bereits den vierten Nebeltag. Es sah also so aus, als müßten wir uns auf einen außergewöhnlich kalten Mai gefaßt machen.

Ich hatte gefrühstückt, die Kuh gemolken, die Hühner gefüttert und wollte nun zum Autobus, mit dem ich die erste Etappe meiner Fahrt aufs Festland zurücklegen mußte. Ich brauchte nicht lange zu überlegen, was ich anziehen sollte. Eine Reise aufs Festland bedeutete frühen Aufbruch und abendliche Rückkehr, und da sich in dieser Zeit das Wetter dramatisch verändern konnte, durfte man nie etwas riskieren und zog in seinen derbsten, zur Feier des Tages besonders gut geputzten Schuhen los und im verläßlichsten Wettermantel, in dessen Tasche noch ein Gummihut steckte. Ich schob meine Schuhe in eine Einkaufstasche und zog über meine Strümpfe dicke Socken und Gummistiefel. Der Weg war naß und schmutzig, ich wollte also die Schuhe erst im Bus anziehen und dann Socken und Gummistiefel für den Heimweg unter dem Sitz deponieren. Ich dämpfte das Feuer noch ein letztes Mal mit nassen Torfsoden und Schlacke, griff nach meinem Wettermantel, der neben der Tür am Haken hing, und dem Stück Seil am Haken daneben. Es war mir inzwischen zur Gewohnheit geworden, die Haustür ganz behutsam zu öffnen, um kein Tier aufzuscheuchen, das sich vielleicht in der Morgenstille herangewagt hatte. Und wie oft wurde meine Vorsicht belohnt durch den Anblick eines Bussards, der die Welt von der Spitze des Wäschepfostens aus begutachtete, vielleicht war auch ein Karnickel eben dabei, aus der Wasserschale der Hühner zu trinken, oder eine Robbe beäugte mein Häuschen vom nahen Ufer aus, als wollte sie zum Frühstück eingeladen werden. Ein andermal war es möglicherweise nur eine Nebelkrähe, die beharrlich über meinem Hühnerauslauf schwebte, so daß ich sie durch Händeklatschen vertreiben mußte. An diesem Morgen verbargen sich eventuelle Geheimnisse im Nebel, und ich zog die Tür hinter mir zu. In Bruach war es undenkbar, eine Tür hinter sich abzuschließen, auch wenn man für den ganzen Tag wegfuhr. Draußen blieb ich stehen und betrachtete das Seil, das ich noch immer in der Hand hielt. Wie dumm von mir, dachte ich, es ist doch ganz unnötig, ein Seil mitzunehmen, wenn man mal einen Tag Urlaub von der Arbeit nimmt. Sekundenlang zögerte ich und überlegte, ob ich es nicht wieder an den Haken hängen sollte, dann warf ich es achselzuckend in die Einkaufstasche zu den Schuhen.

Als ich zum ersten Mal auf die Hebriden gekommen war, hatte mir meine Hauswirtin Morag geraten, »für alle Fälle immer einen Strick« mitzunehmen, und als ich dann mein eigenes Cottage bezog, hing ein Seil am Haken neben den Überkleidern, so daß ich mir angewöhnte, mit der einen Hand den Mantel, mit der anderen das Seil zu nehmen. Ja, es war mir so unentbehrlich geworden, daß mir direkt etwas fehlte, wenn ich keines bei mir hatte. Wieder und wieder hatte ich erlebt, wie praktisch es war. Ich brauchte es, wenn ich ein Kalb oder ein Schaf einfangen mußte, ein Bündel Heu zur Kuh schleppen oder einen Kanister Paraffin nach Hause, ein Bündel Treibholz oder einen Sack Torf zusammenbinden, ein Boot vertäuen, einen schiefen Zaun notdürftig reparieren oder eine

Trense für ein Pferd daraus machen wollte. Bei Sturm gab es nichts Besseres als ein Seil um die Taille, damit einem nicht sämtliche Kleider über den Kopf geweht wurden. Außer auf Urlaub oder zum Kirchgang hatten die Bruacher Crofter fast immer ein Seil bei sich, entweder um den Arm gewickelt, oder aber es schaute ihnen aus der Tasche.

Der Busfahrer hupte, als ich aus dem Nebel auftauchte, und ich fürchtete schon, ich sei entweder spät dran, oder aber er sei schlechter Laune.

»Entschuldigung«, begann ich, »habe ich mich verspätet?«

»Nein, ich glaub nicht.« Es klang freundlich. »Es ist nur, weil ich unterwegs noch ein paar von meinen Fallen kontrollieren möcht. Da treib ich die Leut ein bißchen an, damit wir losfahren können.«

Derartige Veränderungen des Fahrplans nahm man in Bruach nicht übel, und der Fahrer war durchaus willens, von seinen Passagieren solche ebenfalls hinzunehmen.

Ich setzte mich neben Janet. »Der Beutel da ist ja nicht grad klein«, bemerkte sie beim Anblick meiner geräumigen Tasche. Janet brachte es immer fertig, etwas verächtlich zu bewundern, so daß ich mich gedrängt fühlte, das Format meiner Tasche damit zu entschuldigen, daß ich ihr erzählte, ich hätte eine Menge Besorgungen zu machen.

»Sie wollen also nicht den Zug erwischen?« fragte sie.

»Nein«, sagte ich.

»Das ist gut«, tröstete sie. »Weiß der Kuckuck, wie lang dieser Mensch mit seinen Fallen braucht.«

»Der mit seinen Fallen«, warf Erchy ein, der hinter uns saß, »vergißt, daß er dazu da ist, den Bus zu fahren, wenn er hinter seinen Karnickeln her ist.«

Der Fahrer brauchte kaum eine Viertelstunde, um seine Fallen zu kontrollieren, und warf bei seiner Rückkehr drei tote Kaninchen auf den Stoß Postsäcke. Bei drei der privaten Briefkästen, bei denen er hielt, um sie auszuleeren, ließ er jeweils ein Kaninchen zurück.

»Wie spät ist es denn?« fragte er und nahm nach der

Leerung des letzten Briefkastens seinen Fahrersitz wieder ein. Keiner antwortete. Meine Armbanduhr funktionierte seit Monaten nicht mehr, und ihr Fehlen hatte mir keinerlei Ungelegenheiten beschert. In Bruach spielte Zeit keine große Rolle. Der Busfahrer wiederholte seine Frage auf gälisch und schrie dabei den alten Farquhar an, der sehr schwerhörig war. Gewichtig zog der Alte seine geliebte Uhr heraus und zeigte sie ihm. »Dann fahren wir besser los«, verkündete der Fahrer. Noch immer umhüllte uns der Nebel, aber auf der Straße von Bruach konnte man ziemlich sicher sein, so früh am Morgen keinem anderen Verkehr zu begegnen. Er trat kräftig aufs Gas.

»Wie ich diesen Nebel hasse«, sagte Janet lebhaft. Die übrigen Passagiere murmelten beinahe leidenschaftlich Zustimmung. Bruacher, insbesondere die Frauen, konnten den Nebel absolut nicht ausstehen. Er schien die Einsamkeit und Abgeschiedenheit ihres Lebens noch zu unterstreichen, indem er sie von der trostreichen Aussicht auf andere Cottages abschnitt, wo sie, wie sie wußten, jederzeit Gesellschaft fanden.

Die Straße schlängelte sich um die steilen Ufer des Loch. Als wir höher stiegen, wurde der Nebel dünner, und bald blickten wir hinunter auf wabernde Wolkenbänke wie aus einem Flugzeug.

»Im Radio ist Wind angesagt«, rief der Fahrer über die Schulter, und sofort wurden alle fröhlicher. Wind würde den Nebel bald vertreiben.

Das Dorf auf dem Festland war schmutzig und farblos. Vielleicht weil es nur eine Tagesreise von einer großen Stadt entfernt war, vielleicht auch weil es zu lange her war, seit seine Bewohner das Bearbeiten der Crofts zugunsten des Handels aufgegeben hatten. Aus welchem Grund auch immer, mir war der Ort zu kalt und freudlos, um dort einen Tag zu verbringen. Nur wenn mir ein Werkzeug oder ein Material dringend fehlte, und eine umfangreichere Arbeit dadurch aufgehalten wurde, fand ich ihn überhaupt erträglich.

»Müssen Sie viel einkaufen?« erkundigte sich Janet, als wir die Fähre verließen.

»Ja, ziemlich, ich brauche Dachpappe und Nägel für das Hühnerhaus. Und ein bißchen Gemüse, wenn ich welches finde.« Ich überflog meine Liste. »Ach ja, und Sarah hat mich gebeten, ihr doch einen ›Aprat für die Nase vom Kalb‹ zu besorgen«, ergänzte ich lächelnd. Auch Janet lächelte. Für Sarah war das meiste von Menschenhand Hergestellte ein »Aprat«. Wagen und Lastwagen konnte man ja als »Aprat« einordnen, schwieriger war es, ihre Schilderung eines Besens als »Aprat zum Bodensaubermachen« und einen Briefkasten als »Aprat zum Briefereintun« zu deuten. Der »Aprat«, den sie mich gebeten hatte zu besorgen, war nichts anderes als eine u-förmige Holzklammer, die in die Nüstern des Kalbes paßte und es hinderte, an der Kuh zu saugen, ihm aber gestattete, hinlänglich zu grasen.

»Man sollte meinen, Euan könnte ihr so was machen«, sagte Janet.

»Euan sagt, er hat ihr dutzendweise welche gemacht, und sie hätte sie alle verloren. Er meint, wenn sie für so ein Ding selber was zahlen muß, paßt sie besser auf.«

»Glaub ich nicht«, sagte Janet.

In dem Dorf gab es kaum mehr als ein halbes Dutzend Geschäfte, eines davon eine Teestube. Auch ein kleines Hotel war vorhanden. Wir gingen als erstes in ein muffiges Gemischtwarenlädchen, wo Fleisch und Speck, Brot, Lebensmittel, Schuhe und Stoffe über einen vollgekramten Ladentisch verkauft wurden. In der Geruchsmischung, die uns überfiel, herrschte das Aroma von alten Kohlköpfen und glasigen Zwiebeln in aufgekrempelten Säcken auf dem Fußboden vor. Janet probierte gerade ein Paar Schuhe an, da kam der alte Farquhar herein und verkündete, er wolle »zwei Brote und ein Pfund Kleinrindchen«. Mürrisch gab ihm der Ladner zwei große Brotlaibe und wog ihm ein Pfund Gehacktes ab.

»So klingt es wunderbar«, flüsterte ich Janet zu, »direkt

appetitanregend.« Als ich an die Reihe kam und ebenfalls ein Pfund »Kleinrindchen« verlangte, warf der Ladner mir einen verächtlichen Blick zu.

»Sie meinen wohl Hack?« fragte er streng.

Dann ging ich mit Janet zur Drogerie, wo sie drei Kilogramm doppelkohlensaures Natron kaufte, um die Verdauungsbeschwerden ihrer gesamten Familie zu lindern, und sie begleitete mich zum Wachszieher, wo ich Dachpappe und Nägel bestellte. Als der Geschäftsinhaber mir die Nägel hinzählte, kam der alte Farquhar hereingeschlurft.

»Haste Matrosenstiefel?« erkundigte er sich.

»Aye, massenhaft«, war die schneidige Antwort. Der alte Farquhar beugte sich vor, die Hand hinterm Ohr.

»Dort stehen sie«, rief der Mann und zeigte auf die Reihe Stiefel in sämtlichen Größen im Hintergrund des Ladens.

Farquhar warf einen flüchtigen Blick darauf. »Vielen Dank, dann nehm ich zwei«, sagte er mit erhabener Gleichgültigkeit.

Binnen einer Stunde hatten wir alle unsere Einkäufe getätigt, und da es zu naß war, um spazierenzugehen, und zu früh, um zu essen, setzten wir uns in die Teestube, tranken Tee und schwatzten mit der Bedienung, die, wie sich herausstellte, eine Verwandte von Janet war. Anschließend wanderten wir hinauf ins Hotel, das von den Einheimischen als »Heringsdiele« betitelt wurde, aßen Räucherhering, Rüben und Kartoffeln und verweigerten den wässerigen Reispudding. Janet fand durch diskrete Befragung heraus, daß die Hotelköchin ebenfalls eine Verwandte von ihr war, und schickte die Bedienung mit dieser Entdeckung in die Küche, woraufhin wir eingeladen wurden, in der Küche Tee zu trinken. Wir saßen gemütlich vor dem Feuer, tauschten Neuigkeiten und Klatsch, als die Tür aufgestoßen wurde und Erchy erschien. Er trug eine große Blechdose mit Salbe gegen Klauenfäule.

»Ah ja, es hat geheißen, hier find ich euch«, begrüßte er uns.

»Komm doch rein«, lud ihn die Köchin ein und goß eine weitere Tasse Tee ein.

Erchy kam herein und setzte sich.

»Hast du etwa uns gesucht?« fragte Janet.

»Eigentlich Miss Peckwitt«, gestand er.

Ich sah ihn überrascht an. »Warum denn mich?«

»Wissen Sie noch, ich wollt mir doch das Boot anschaun, das ich kaufen möcht?« Janet und ich nickten. »Aye, das Ding ist ein paar Meilen von hier, aber ich krieg kein' Wagen, um hinzufahrn.«

»Ist es denn zu Fuß zu weit?« fragte ich.

»Aye, bis ich wieder da bin, ist der Bus weg, und ich hab keine Lust, hier zu übernachten.«

»Und wieso haben Sie dann mich gesucht?« fragte ich.

»Es ist nämlich so«, sagte er und erzählte mir dann, daß er zwar einen Wagen, aber keinen Fahrer fände. Der Alte, dem der Wagen gehörte, hatte keinen Führerschein, aber wenn ich ihn führe, würde er uns den Wagen gerne leihen, solange wir wollten.

Ich willigte ein. »Okay«, sagte ich, »wenn wir rechtzeitig zur Abfahrt des Busses wieder zurück sind.«

Janet wollte »bloß für die Fahrt« mitkommen, und wir holten uns den Wagen von einem außergewöhnlich hilfsbereiten Garagenbesitzer. Der Nebel war inzwischen von einem schneidenden Wind in die Hügel gejagt worden, der ihn durch dicke, schwammig aussehende Wolken ersetzte. Wir waren noch keine halbe Meile gefahren, da wurden sie schon ausgewrungen, und die Scheibenwischer arbeiteten stetig.

»Wie ich einen heben ging, hab ich einen Verwandten von dir getroffen«, berichtete Erchy Janet.

»Noch einen?« lachte ich. »Sie hat heute früh schon zwei entdeckt.«

»Aye, aber der Bursche ist eben erst zurück aus Amerika. Er war fast fünfundzwanzig Jahr da draußen.«

Janet war ganz Ohr. »Könnte das der Uisdean sein, der die Cousine von meinem Vetter in Uist geheiratet hat?« Sie und Erchy stürzten sich in genealogische Einzelheiten.

»Dann ist das der, der wegen dem Gespenst weg ist«, erläuterte sie uns, als die Identifizierung zufriedenstellend beendet war. »Hab nicht gedacht, daß der noch mal in unsere Gegend zurückkommt.«

»So, das ist der.« Erchy akzeptierte diese Aussage ohne Überraschung. »Dann wird er sich ja den Whisky nicht abgewöhnt haben, wie er weg war.«

»Ach nein«, versicherte ihm Janet. »Der ändert sich nicht.«

»Was ist denn das für ein Gespenst, von dem ihr redet?« fragte ich.

»Aber das wissen Sie doch, davon müssen Sie doch gehört haben«, meinte Janet eindringlich.

»Ich glaube nicht«, sagte ich.

»Also dieses Mannsbild, dieser entfernte Vetter von mir, ist mal nachts heimgegangen, und es ist ihm eine fremde Frau begegnet. Er hat sie mit *ciamar a tha?* (wie geht's?) begrüßt, wie jeden andern auch, aber kaum hat er's gesagt, da dreht die Frau sich um und geht neben ihm her und sagt, er ist der erste Mensch, der seit vielen Jahren mit ihr spricht. Und da wußte er, daß sie ein Gespenst ist, und wollte schnell weg, aber sie ist hinter ihm her. Sie erzählte ihm, sie ist nicht von eigener Hand gestorben, wie die Leute meinen, sondern sie ist ermordet worden. Sie hat ihm den Mörder genannt und gebettelt, er soll zu den Behörden gehn und ihn der Gerechtigkeit ausliefern. Er hat gesagt, er macht's, bloß um sie loszuwerden, aber getan hat er nichts. Und wie er das nächste Mal den Weg geht, war sie wieder da und hat ihn verfolgt und hat gebettelt und gefleht, und er hat immer noch nichts getan, aber es hat ihm so zugesetzt, daß er auf und davon ist – nach Amerika.«

»Diese Geschichte habe ich noch nie gehört«, sagte ich.

»Tatsächlich?« Janet wollte es kaum glauben. »Die kennt doch hier herum jeder.« Wir wurden alle drei für ein paar Minuten ganz nachdenklich, dann meldete sich Janet wieder. »Ob es wohl Blödsinn ist?«

»Was, die Geistergeschichte?« fragte ich.

»Nein, die bestimmt nicht.« Janet klang gereizt. »Gelogen hätte dieser Mensch nie. Nein, ich hab nur gedacht, weil wir doch in der Gegend glauben, ein Gespenst könnt nicht übers Wasser. Deswegen ist er doch nach Amerika, verstehn Sie. Aber ich wüßte gern, ob's stimmt oder nicht. Zu schade, daß Erchy nicht gewußt hat, wer er ist, der hätt ihn doch fragen können.«

Erchy sagte: »Aye, jetzt ist es zu spät. Er hat den Zug zurück nach Glasgow erreichen müssen, und am Wochenende reist er wieder weiter.«

Eine Weile fuhren wir schweigend. »Dieser Garagenbesitzer schien mir aber besonders nett«, sagte ich.

»Aye«, meinte Erchy kurz angebunden.

»Er hat sich fast überschlagen«, ergänzte Janet.

»Aye.«

Es sah Erchy nicht ähnlich, sich so knapp auszudrükken, aber Janet und ich wußten, daß uns Fragen keine Auskünfte einbringen würden, und so warteten wir geduldig.

»Erinnerst du dich an das Netz, das ich vor drei Jahren verkauft hab?« fragte Erchy Janet schließlich.

»Weiß ich noch genau. Es war nicht bloß das Netz, oder?«

»Nein, aber das Netz war die Hauptsache.«

»Weiß ich noch«, sagte sie.

»Also genau dem Mann hab ich's verkauft. Er hatte damals nicht das Geld, um's zu bezahlen, aber er hat gesagt, er wird's schon wieder recht machen, und da hab ich es ihm gelassen. Bis heut hab ich keinen Penny von ihm gesehn.«

»Ach der?« stieß Janet hervor.

»Es sieht so aus, als ginge es ihm jetzt recht gut«, bemerkte ich. Neben der Garage hatte ein Laden mit dem gleichen Namen gestanden, und beides schien zu florieren.

»Prima geht's dem«, bestätigte Erchy. »Er hat mir selber erzählt, was für Ärger er mit der Einkommensteuer hat. Er sagt, die sind dauernd hinter ihm her.«

»Der muß gute Geschäfte machen, wenn die Steuer hinter dem her ist«, sagte Janet wissend.

»Aye, hat mir erzählt, sie haben ihm einen Brief geschrieben, daß sie bis Weihnachten Geld wollen, und da hat er ihnen eine Weihnachtskarte geschickt. Drauf stand: ›Frohes Fest, Ihr Ärsche‹, und ›Ihr Ärsche‹ hat er überall auf der Karte wiederholt.«

»Das war aber nicht nett von ihm«, meinte Janet.

»Ihm hat's gut gefallen«, sagte Erchy. »Er glaubt, er hat ihnen ihr Weihnachten ziemlich verdorben.«

»Und dabei hat er dir die ganze Zeit nichts fürs Netz bezahlt?« Janet war entrüstet.

»Nein, hat er nicht.«

»Haben Sie denn das Geld von ihm verlangt?« lautete meine Frage. Janet, die Gälin war, hätte so etwas niemals vorgeschlagen.

»Aber nein.« Erchy war schockiert.

»Dann ist es vielleicht gut, daß du seinen Wagen genommen hast«, meinte Janet. »Da kriegst du wenigstens bißchen was wieder.«

»Schade, daß wir keine Zeit haben, mit seinem Benzin mal richtig rumzugondeln, solang wir Gelegenheit haben«, sagte er. »Der Tank ist ganz voll.«

»Wir hätten uns richtig amüsieren können«, meinte Janet bedauernd.

Erchy besichtigte das Boot, das er kaufen wollte, lehnte es ab mit der Begründung, es werde schwimmen wie ein Heubündel, und war bereit zur Rückkehr. Als wir wieder bei der Garage waren, begrüßte uns der strahlende Inhaber überschwenglich. Erchys Hand flatterte in der Gegend seiner Brusttasche und deutete dadurch zart an, daß er Geld bei sich habe, falls der Mann unverfroren genug war, es zu verlangen. Ebenso zart ließ der andere durchblicken, von Geld könne nicht die Rede sein.

»Nimm dir den Wagen, wann immer du ihn brauchst«, sagte er zu Erchy und schien gekränkt, daß wir so wenig Benzin verfahren hatten. Ich hatte allmählich den Eindruck, er würde es begrüßt haben, im Falle einer Beschädigung des Wagens weitere Großmut zeigen zu können. Er bestand darauf, daß wir bei ihm und seiner Frau Tee tranken, und führte uns durch einen Gang von der Garage in einen neu errichteten Erweiterungsbau des alten Crofthauses. Dort saßen wir auf modernen Stühlen, und man redete uns zu, riesige Mengen der im Laden angebotenen Kekse zu essen, während die alte Frau Tasse um Tasse eines starken schwarzen Tees eingoß, der aussah, als brauche man Messer und Gabel, um ihn in Angriff zu nehmen.

Nun wurde es Zeit zu gehen. Wir schüttelten ringsum Hände, dankten für die Gastfreundschaft und versicherten, sie alle bei einem gelegentlichen Besuch in Bruach ebenso herzlich aufzunehmen. Nur Erchy schien bei seinen Versicherungen gewisse Hintergedanken zu hegen.

Am Pier stellten wir fest, daß Ebbe herrschte, und mußten über glitschigen Seetang zur Fähre rutschen, während Gischt uns bespritzte. Als die Fähre gerade ablegen wollte, hörten wir jemand rufen, und wir sahen den Garagenbesitzer die Mole entlangrennen, wild gestikulierend und Erchys Namen rufend. Erchy ging ihm entgegen.

»Hab schon gemeint, ich erwisch euch nicht mehr«, keuchte der Mann und übergab Erchy ein Päckchen. »Das hast du im Wagen liegenlassen. Ich hab's eben erst gemerkt.«

Erchy nickte bestätigend und erfreut. »Aye, das stimmt, das hab ich«, sagte er und nahm das Päckchen entgegen. »Ich weiß gar nicht, was ich ohne gemacht hätte.«

Er gesellte sich wieder zu Janet und mir. »Ich weiß genau, Erchy, daß kein Päckchen im Wagen liegengeblieben ist«, sagte ich. »Janet und ich haben gründlich nachgeschaut.«

Erchy lächelte geheimnisvoll. »War verdammt noch mal auch keins dort«, bestätigte er. Er öffnete das Päckchen, zum Vorschein kam ein Karton mit fünfhundert Zigaretten. Es war eine Marke, von der ich wußte, daß er sie nicht rauchte, und als ich erstaunt schaute, erklärte er mir: »Das ist nur die Art, wie der Mann mir das Netz bezahlt. Jetzt sind wir beide zufrieden.«

Auf der Fähre war es so kalt und naß, daß der Mann, der uns die Billetts hätte geben sollen, es vorzog, das Ruderhaus nicht zu verlassen, so daß wir gratis fuhren.

»Er hat uns nicht gesehn«, murmelte Janet.

»Ist ja nicht wie im Sommer«, bemerkte Erchy. »Wenn massenhaft Touristen auf der Fähre sind, nehmen sie von allen das Fahrgeld, eh sie am Pier anlegen. Sie kreisen einfach rum, um sicher zu sein, daß keiner abmarschiert ohne Bezahlung.«

Auf dem Insel-Kai stand ein uralter, jämmerlicher Tourenwagen, dem fast alle Seitenfenster fehlten. Neben ihm wartete der Busfahrer.

»Der Bus ist kaputt«, verkündete er. Bei ihm klang es wie ein alltägliches Vorkommnis.

»Kaputt?« rief Janet.

»Aye. Er ist in der Werkstatt, und dort sagen sie, es dauert bestimmt bis Mitternacht, bis sie ihn hinkriegen.« Diese Hiobsbotschaft schien ihn fast zu freuen.

»Müssen wir jetzt in diesem Ding heimfahren?« fragte ich und spähte ins verwahrloste Innere des Vehikels.

»Es sei denn, Sie wollen zum Tanz bleiben«, schlug der Fahrer eifrig vor. »Heut abend ist hier prima Tanz, und ich würd gern bleiben.«

»Ach herrje«, sagte Janet, schon halb überredet. Für sie versprach ein Tanz einen Haufen Bekannter und ein gutes *ceilidh* in der überfüllten Saalecke.

Erchy meinte nachdenklich: »Ich glaub, ich bleib auch.«

Alle sahen nun mich an. »Ich muß nach Hause«, widersprach ich. »Ich hab eine Kuh und Hühner, die ich abends füttern muß.«

»Ach, ich kann doch jemand Bescheid sagen, der Ihre Tiere versorgt«, versicherte der Fahrer.

»Ist nicht nötig«, beharrte ich herzlos. »Wenn ein Wagen da ist, der mich mitnimmt. Ich fahre heim.«

»Ein Wagen ist da, aber Sie haben noch nicht gehört, wer ihn fährt.« Der Fahrer lächelte boshaft und nannte einen Namen. »Und er hat schon einiges intus«, ergänzte er genüßlich. Ich spürte, wie ich blaß wurde. Der Weg nach Bruach führte am Steilufer des Loch entlang, und manchmal waren es buchstäblich wenige Zentimeter, die die Räder des Busses von den bröckligen Banketten trennten. Schaudernd erinnerte ich mich an eine haarsträubende Fahrt, die ich einmal mit dem Fahrer hatte ertragen müssen: Noch Wochen später fand ich mich im Traum in Stücken am Fuße einer Klippe.

»Mit dem fahre ich nicht«, sagte ich kategorisch.

»Dann bleiben Sie doch für den Tanz«, suchte mich der Fahrer zu beschwatzen.

»Nein.« Ich wußte, daß ich grausam war, aber er war verpflichtet, den Bus zu fahren, und ich wollte dringend heim.

»Ach, Sie würden sich so gut amüsieren«, beharrte er.

»Bestimmt nicht«, sagte ich. »Ich kenne hier keine Seele. Es würde mich niemand auffordern.«

»Aber Erchy ist doch da. Der tanzt mit Ihnen.«

»Erchy wird all seine Tänze an der Bar absolvieren.«

»Ich tanz bestimmt einmal mit Ihnen.« Es klang großmütig.

»Danke schön«, entgegnete ich. »Und was mache ich den Rest der Zeit? Nur dasitzen und aussehen wie bestellt und nicht abgeholt?«

»Aber Miss Peckwitt, Sie essen einfach ein paar von den

Feigen, die man hier beim Krämer kriegt. Wenn Sie gerade nicht tanzen, haben Sie damit zu tun, die Kernchen aus die Zehne zu bohren. Das tu ich auch, wenn ich an einem fremden Ort zum Tanz bin.«

Janet widersprach. »Für dich mag das ja gehn«, sagte sie. »Aber Miss Peckwitt hat noch ihre eigenen Zehnen, nicht falsche wie du.«

»Oh«, sagte der Fahrer leicht betroffen. »Dann wär das vielleicht nicht so gut.«

Er schlug vor, erst einmal eine Tasse Tee zu trinken, während er alles mit dem Wagen und einem anderen Fahrer arrangierte. Eine halbe Stunde später kam er wieder und orderte uns in den Wagen.

»Ja, bleibst du denn nicht zum Tanz?« fragte Janet. Er murmelte etwas Verdrießliches.

Der einzige freie Sitz war neben dem alten Farquhar, der majestätisch mitten auf den Rücksitzen thronte. Wir wollten gerade zu ihm einsteigen, da hielt der Fahrer uns zurück.

»Nein, nicht dort rein. Ihr müßt euch neben die andern reindrücken«, belehrte er uns. »Ich muß in 'nem Weilchen einen Widder aufladen, und der muß nach hinten.« Er bat die Fahrgäste, die Füße hochzuheben, und warf meine Dachpappenrolle auf den Boden.

Vier Männer waren nötig, um den sich wild sträubenden Widder hinten in den Wagen zu bugsieren, wo man vier Postsäcke strategisch so unterbrachte, daß er in seiner Bewegungsfreiheit eingeschränkt war. Doch selbst dann mußte Farquhar noch kauern, das Vieh zwischen den Beinen, dessen Hörner er festhielt. Wir übrigen drängten uns dicht zusammen, stießen uns mit den Knien das Kinn, während der alte Wagen von einem Schlagloch zum anderen hopste, und bemühten uns, das Grunzen und Sträuben auf den Rücksitzen einigermaßen zu überhören und den überwältigenden Gestank nach nasser Wolle auszuhalten.

Der Wind entwickelte sich rasch zum Sturm, das Meer

kam unter einem Gischtnebel herangerauscht. Hin und wieder blickte der Fahrer auf die Motorhaube hinunter, die sich unheildrohend hob und wieder hinabknallte. »Ein paar von euch halten das wohl besser fest«, riet er, und die am nächsten Sitzenden packten zu, wo immer sie konnten. Wir erreichten das obere Ende des Loch, wo der Sturm vom Meer wie durch einen Trichter hereinpfiff und kreischend durch das enge Tal zwischen zwei Hügelreihen fuhr. Ein Schreckensschrei ertönte, eine plötzliche Bö, stärker als alle vorigen, drohte den Wagen umzustürzen. Wir duckten uns, der Fahrer klammerte sich ans Lenkrad. Als es vorbei war und wir uns aufrichteten, stellten wir augenblicklich fest, daß der Wagen kein Verdeck mehr hatte. Mühsam drehten wir uns auf unseren Sitzen nach hinten um und sahen die schwere Leinwand hinter uns hersegeln wie einen Papierdrachen. Der Fahrer hielt, und alle Fahrgäste – bis auf Farquhar, der mit dem entsetzten Widder raufte – purzelten heraus, um das Verdeck einzufangen. Wir kämpften gegen den Wind, als wir versuchten, es wieder über den Wagen zu zerren und zu befestigen, aber die Halterungen waren weg, und wir standen da, hielten es fest und erwarteten Anweisungen vom Fahrer.

»Wartet mal, ich hol ein Seil«, rief er und gründelte unter seinem Sitz. Er holte ein Stück Seil heraus, führte das eine Ende unter dem Wagen durch, und ein Helfer auf der anderen Seite zerrte es wieder herauf. Dann fluchte der Fahrer: »Das gottverdammte Ding ist nicht lang genug.« An uns gewandt, fragte er: »Hat jemand eine Schnur dabei?«

»Ja, ich«, erwiderte ich. »Haltet fest, ich hol sie heraus.« Er hielt das Verdeck an der Stelle fest, wo ich gestanden hatte, und ich zerrte das Seil aus der Einkaufstasche.

»Das wird's schaffen«, sagte er und entriß es mir, band beide Stricke aneinander, und wir kontrollierten die Reparatur kurz, ehe wir wieder in den Wagen stiegen.

»Ich hab das Seil nur mitgenommen, falls der alte Karren abgeschleppt werden muß«, sagte der Fahrer.

Ich raunte Janet zu, daß wohl auf dem verlassenen Weg nach Bruach wenig Hoffnung auf Abschleppende sei. Sie begriff nicht ganz.

»Wir werden wohl kaum auf einen Wagen treffen, der uns abschleppt«, erklärte ich.

»Nein, nein, *mo ghaoil,* an was mit Motor denkt der doch nicht beim Abschleppen!« Sie sah sich um. »Wir sind ja viele.«

Ohne weitere Zwischenfälle erreichten wir Bruach und hielten klappernd vor dem Postamt.

»Was ist denn los mit dem alten Karren?« fragte der Postbote, der herauskam, um die Postsäcke entgegenzunehmen. »Sieht aus, als hätt er Zahnweh oder so was.«

»Wir hätten bestimmt das Verdeck verloren, wenn die Miss Peckwitt nicht ein Stückchen Strick dabeigehabt hätte«, lobte der Fahrer.

Ich gestattete mir ein zufriedenes Lächeln. »Ich hab immer ein Seil bei mir – für alle Fälle«, sagte ich.

Wetterumschwung

Selbst für Hebridenverhältnisse war das Wetter den ganzen Mai hindurch grauenvoll. »Sturm mit Windstärke 9« und »Winde bis zu Sturmstärke 10« waren angesagt, trafen ein, wurden ausgehalten. Das gemeinsame Kartoffelsetzen mußte sich auf die Tage beschränken, an denen die stechenden Regengüsse und Hagelschauer eine Pause machten und wir gegen einen Sturm von nur Windstärke 8 ankämpfen mußten, der dem jungen Pflugpferd die lange Wintermähne sträubte und jeder Frau das Haar vom Kopf zu reißen drohte, die nicht immer wieder ihr Kopftuch festband. Die Männer hatten die Mützen verkehrt herum und tief in die Stirn gedrückt auf, wie sie es üblicherweise bei wüstem Wetter trugen. Alle hatten wir mindestens ein Paar dicke Wollsocken in den Gummistiefeln und Schnüre um die Taille, damit uns nicht die Mäntel über den Kopf geweht wurden, wenn wir uns bückten. Die Frauen beklagten sich, daß ihnen der kalte Wind die Röcke hochwehte, und beneideten unverhohlen die Männer um ihre langen, wollenen Unterhosen. Mich beglückwünschten sie zu meinen langen Hosen, und obwohl ich das höflich lächelnd anhörte, wußte ich doch genau, daß sie lieber erfroren wären, als sich gegen die biblischen Traditionen in ihrer Kleidung aufzulehnen.

Der Wind schob uns vor sich her wie eine schwere Hand im Kreuz, als wir mit unseren Eimern voll Kartoffeln und Dünger hin- und hereilten. Er füllte uns den Mund, riß uns die Anweisungen von den Lippen, die wir einander zuriefen, so daß wir uns auf Gesten beschränken mußten. Auch die Befehle, die der pflügende Erchy seinem Pferd zubrüllte, gingen darin unter, so daß er nur noch schimpfte. Mensch und Tier verzweifelten zunehmend über die mangelhafte Koordination ihrer Bemühungen. Mist flog uns um die Ohren, als die Männer ihn

Gabel für Gabel von den einzelnen Haufen in die Furchen trugen, und einige der älteren, robusten Frauen, die es nicht mit ansehen konnten, wie guter Dünger verschwendet wurde, kratzten ihn mit bloßen Händen zusammen und trugen ihn beinahe zärtlich zu den Furchen. Diejenigen von uns, die wie ich dafür zu sorgen hatten, daß jede Kartoffel ihre reichliche Portion Guano erhielt (in Bruach wird jeder Kunstdünger als Guano bezeichnet), waren von oben bis unten bedeckt mit dem grauen Staub. Er kniff auf den vom Wind aufgesprungenen Lippen und Wangen und ließ die Augen tränen.

»Herrje, heut ist es aber grob«, klagten wir einander, als wir uns in einem Crofterhaus zu einem hochwillkommenen Vormittags-*strupak* versammelten.

»Ich muß schauen, daß ich den Pflug im Boden behalt, so weht das«, murrte Erchy. Er rülpste dreimal hintereinander laut. »Jedesmal wenn ich den Mund aufmach und dem Pferd was zuruf, weht mir der Wind rein und füllt mir den Magen«, entschuldigte er sich. Er schob die Mütze auf den Hinterkopf und legte den breiten Striemen frei, der die Grenze zwischen seinem windgeröteten Gesicht und der beschützten Zone darüber markierte.

Ich merkte, daß Hamish, der Besitzer der Croft, auf der wir arbeiteten, mich zur Tür winkte.

»Grad überleg ich mir, ob ich die Sarah nicht lieber Kartoffeln stecken laß«, gestand er mir. »Beim Guano taugt sie nicht viel.«

Sarah gab zu, neunundsiebzig zu sein, und ich hatte den Eindruck gehabt, sie mache ihre Sache beim Guanostreuen genauso gut wie jeder andere.

»Ach, ihr Rücken ist zu steif, sie kann ihn nicht mehr richtig krumm machen«, sagte Hamish.

»Aber wenn sie Kartoffeln stecken soll, muß sie sich doch noch tiefer bücken, oder?« wandte ich ein.

»Nein, überhaupt nicht«, argumentierte er. »Sie kann die Kartoffeln einfach in die Furchen fallen lassen, und die landen dann irgendwo, auch wenn's nicht die richtige

Stelle ist. Beim Guano ist das was andres. Wenn sie eine Handvoll in den Wind streut, ist er weg, eh er unten ist. Und den Kartoffeln fehlt er dann wahrscheinlich.«

»Mann, der fehlt nicht nur den Kartoffeln«, wies ihn Angus zurecht, der zugehört hatte. »Der fehlt dann deiner ganzen verdammten Croft.«

Schließlich waren bei jedermann die Kartoffeln gesteckt, und wir konnten zu unseren vernachlässigten häuslichen Pflichten zurückkehren, während der Regen seinen Angriff erneuerte. In Bruach ist Regen nach dem Pflügen immer willkommen. Er glättet die Kämme der Furchen und spült Erde in die von oft ungeschicktem Pflügen hinterlassenen Lücken. Wir konnten uns ausruhen und tief befriedigt an die üppige Lösung aus Mist und Guano denken, mit der unsere Kartoffeln jetzt getränkt waren.

Als der Mai zu Ende ging, wurde das Wetter noch weniger frühlingshaft. Hagelkörner knatterten gegen die Fenster und auf die Wellblechdächer unserer Cottages und Scheunen, und der Schnee, der während einer wärmeren Periode im April bis auf die Hügelgipfel weggetaut war, kroch nun wieder weit talwärts. Manche meinten schon, die paar warmen Tage seien das einzige Schönwetter, das wir in dem Jahr zu erwarten hätten, doch am Abend des letzten Maitages wichen die unheilvollen Wolken, die uns so lange eingeschlossen hatten, auseinander und zeigten das vielversprechende Abendrot eines Sonnenuntergangs, der den Schnee aprikosenfarben färbte und den westlichen Horizont golden säumte. Der Wind legte sich bis auf grimmige, aber vereinzelte Böen, und in der Stille zwischendurch war es merklich wärmer. Ehe ich mich zur Nacht zurückzog, war der Himmel bis auf ein paar schaumzarte Wolkenreste, die ruhig dahinzogen, klar. Mondschatten breitete sich unter der Eberesche und neben der alten Scheune, und nur noch das Geräusch der Dünung, die mürrisch an die Uferfelsen drosch, erinnerte mich an das vergangene wüste Treiben.

Am ersten Junimorgen spülte ich mein Frühstücksgeschirr und sang bei der Arbeit zur Begleitung von allerlei Knirschgeräuschen des Wellblechdachs auf dem Küchenanbau, das sich an der ruhigen, frohlockenden Sonne dehnte und zurechtrückte. Es tat immer gut, diese Knirschtöne zu hören, zu wissen, daß die Luft endlich wieder warm war und daß man, wenigstens für ein paar Stunden, Arbeitsgänge einplanen konnte, die nur bei trockenem, ruhigem Wetter möglich waren.

Ich legte eben die quatschnassen Fußabstreifer auf die Steinmauer zum Trocknen, da kam Morag. Sie trug einen dicken dunkelblauen Pullover, der den Namen einer bekannten Schiffahrtsgesellschaft verkündete, über ihrem Rock eine saubere Sackleinenschürze und auf dem Kopf ein weißes Vierecktuch mit reichlich braunen Flecken. Es sah verdächtig aus wie das Tuch, in dem sie große Fruchtklöße kochte, wenn ein Missionar oder sonst eine wichtige Persönlichkeit zu Besuch erwartet wurde.

»Das Wetter hat sich richtig verändert«, begrüßte sie mich. »Ich bin heilfroh, daß wir den ewigen Regen los sind.«

Ich stimmte ihr aus Herzensgrund zu und zeigte ihr eine Reihe Fußbekleidung, die der Sonne zugewandt an der Hauswand lehnte.

»Ich hab kein einziges Paar trockene Schuhe mehr«, klagte ich. Durchweichte Gummistiefel sind nicht nur kalt und widerlich, sie sind auch außerordentlich schwer anzuziehen, und während meines ganzen Aufenthalts auf den Hebriden war meine Vorstellung vom Paradies ein unbegrenzter Vorrat an trockenen Socken und trockenen Gummistiefeln.

»Bei mir ist's dasselbe, echt«, bestätigte Morag. »Im Moment lauf ich mit Heu in den Nagelstiefeln und will sehen, ob meine Füße trockenbleiben.« Die meisten von uns stopften Heu in die nassen Stiefel, wenn sie sie auszogen, schüttelten es aber heraus, ehe sie sie wieder anzogen.

»Das klingt ein bißchen unbequem«, sagte ich.

»Gar nicht«, widersprach sie. »Man behält hübsch warme Füße.«

Gemeinsam mutmaßten wir, was das sanfte Himmelsblau und die wenigen, auf den Hügelgipfeln hängengebliebenen Wolkenfetzen für eine Vorbedeutung hatten. Unten stiegen noch immer träge Brecher und barsten an den Felsen, doch draußen auf der See glitzerten schon unregelmäßige Schaumkrönchen in der Sonne.

»Wenn's paar Tage so bliebe, könnten wir uns vom Lastwagen den Torf heimfahren lassen«, meinte Morag.

»Es wird länger als nur ein paar Tage dauern, die Moore so auszutrocknen, daß der Laster bis zu meinem Torf durchkommt«, gab ich zu bedenken. Weil ich als Spätankömmling meinen Torf als letzter gestochen hatte, war naturgemäß mein Torfstich der am schwersten Erreichbare von allen.

»Ach, solang obendrüber eine gute Decke ist, käm der Laster schon durch, mein ich«, beharrte Morag sanft.

»Das haben Sie, glaube ich, voriges Jahr auch gesagt«, erinnerte ich sie. »Und wissen Sie noch, wie der Laster immer wieder steckengeblieben ist und wie schwer es war, ihn wieder auszuschaufeln? Und wie der Fahrer geschworen hat, für Sie fährt er nie wieder?« fuhr ich erbarmungslos fort. Morag sah etwas verlegen aus. »Ich will heuer nicht wieder dastehen wie ein Idiot«, schloß ich energisch.

»Oh, aber *mo ghaoil*, das hat doch keiner gedacht«, beschwichtigte Morag hastig. »Es ist eben einfach so gekommen.«

»Oh, natürlich«, bestätigte ich.

Letztes Jahr hatten wir mit mehreren gemeinsam einen Laster gemietet, um unsere Torfstapel heimzutransportieren, wollten alle beim Laden und Entladen zusammenhelfen und uns auch die Kosten teilen. Oberflächlich gesehen war der Plan nicht ganz fair denjenigen gegenüber, die wie ich nur einen vergleichsweise geringen Vorrat gestochen hatten, wohingegen die größeren Familien sich rühmten, ein Dutzend und mehr Stapel zu haben. Da jedoch die größeren Familien auch mehr Helfer stellten, funktionierte das Arrangement zu allgemeiner Zufriedenheit.

Der Lastwagen traf ein, gefahren von Willy Ruag (dem »roten Willy«), einem begeisterten Chauffeur, doch selbst Willy kratzte sich den blonden Schopf und murmelte bedenklich, als er feststellte, wie weit von der Fahrspur manche der Torfstapel lagen. Da ihm jedoch Morag leichtfertig versicherte, »die Haut überm Sumpf wäre so hart, da könnt man eine Dampfwalze drüberfahren«, gab er nach und fuhr den Laster wenigstens längsseits der dem Wagen am nächsten liegenden Stapel.

Es war ein herrlicher Tag zum Arbeiten gewesen. Die Sonne schien ungehindert, jedoch begleitet von einer leichten Brise, die uns kühlte und die bösen Stechfliegen fernhielt, aber nicht so stark war, daß sie uns dauernd mit Torfstaub in den Augen quälte. Wir alle, einschließlich dem stets hilfsbereiten Willy, fingen an, die Torfsoden auf den Wagen zu werfen. Wir hatten dabei keinen Plan, alle warfen eifrig aufs Geratewohl Torfstücke aus allen Richtungen unter ständigem fröhlichem Schwatzen, und nur gelegentlich ertönte ein lachender Vorwurf, weil einer die Aufladenden auf der anderen Seite des Wagens getroffen hatte. Als die Ladung gefährlich hoch aufgehäuft war, gebot der Fahrer Halt und kletterte hinter das Lenkrad. Wir alle traten zurück und wischten uns den Torfstaub von den sich rötenden Gesichtern und Armen. Vibrierend sprang der Wagen an, und gleichzeitig hörte man ein schnarchendes Gluckern von den Hinterrädern, die durch die trockene Kruste des Moors brachen und sich in den Sumpf darunter wühlten. Das bekümmerte Gesicht des Fahrers lugte aus dem Wagen. Die Bruacher, technisch unbegabt, bedachten die Konsequenzen nicht weiter und drängten ihn, loszufahren. Gehorsam nahm Willy einen erneuten Anlauf, aber die Räder gruben sich nur noch tiefer in den weichen Untergrund. Er rief uns zu, wir sollten anschieben, und alle stürzten sich entschlossen auf den Wagen, auch die alte Sarah mit ihren welken, mageren Armen. Nach halbstündigem angestrengtem Schieben und Debattieren begann meine Sorge die Bruacher anzustecken, obwohl zwischendurch immer wieder Gelächter die gemurmelten Kommentare übertönte. Als der unausbleibliche Befehl kam, alles wieder abzuladen, ärgerte sich niemand. Für sie war das Dilemma ein Ereignis, das seinen Platz im Anekdotenschatz des Dorfes einnehmen würde und auf das sich manches nüchterne Vorkommnis zeitlich beziehen ließ. »Ich weiß, sie hat an dem Tag gekalbt, als der Laster mit dem Torf im Moor steckengeblieben ist ...«

Als das Abladen fast beendet und der restliche Torf hinter dem Chassis aufgestapelt war, suchte Willy noch einmal den Laster durch gutes Zureden vorwärtszutreiben, doch die Furchen waren mittlerweile tiefer und matschiger geworden. Erchy wurde abgesandt, um aus dem Dorf Säcke zu holen, während man uns anderen befahl, Steine aus dem Bachbett zu sammeln. Mit diesen Hilfsmitteln und erneuten Anstrengungen der Belader kam der Laster schließlich aus dem Sumpf frei. Willys sorgenvolles Gesicht im Seitenfenster verzog sich zu erleichtertem Grinsen. Wir jubelten, als der Laster schuddernd anfuhr, doch unser Jubel verstummte, als Willy weiterfuhr und wir merkten, daß er erst wieder halten würde, wenn er den festen Weg erreicht hatte, und daß wir nun alle Torfsoden zum Laster tragen und erneut hinaufwerfen mußten. Mich machte das ganz krank, aber die gegen ständige Enttäuschungen abgehärteten Bruacher nahmen die zusätzliche Arbeit mit Geduld und Humor auf sich. Wenn sie nur gemeinsam arbeiteten, dämpfte nichts lange ihre Stimmung, bald wurde wieder gelacht und gescherzt.

»Hat denn jemand schon Ihre Hühner gefüttert?« fragte mich Morag, als gerade mein Anteil an Torfstücken aufgeladen werden sollte.

»Himmel, nein«, gestand ich kläglich, weil ich bisher gar nicht gemerkt hatte, wie nahe die Sonne schon den Hügelkämmen gekommen war. Die Frühlingstage auf den Hebriden sind lang, und die Nacht begann nominell, wenn die Sonne hinter den ersten Gipfeln verschwand. Auch das Hühnervolk schien dies als Zeichen zu nehmen, den Tag zu beenden, und wenn ich sie nicht rechtzeitig versorgte, gingen sie schlechtgelaunt ohne ihr Abendfutter in den Stall. Die Erfahrung hatte mich gelehrt, daß Übellaunigkeit und Hunger einen vernichtenden Einfluß aufs Eierlegen hatten.

»Da fahrn Sie lieber bei dieser Ladung mit Willy mit und steigen auf dem Rückweg wieder mit ein«, riet Morag.

Ich kletterte in den Führerstand neben Willy Ruag und bat ihn, mich bei meiner Croft abzusetzen und auf dem Rückweg nach mir Ausschau zu halten. Willy nickte zustimmend. Wie erwartet hatten sich meine Hühner verdrossen vor der Cottagetür versammelt, und als sie mich näher kommen sahen, rannten sie auf mich zu, wobei ihre Füße auf dem trockenen Boden lärmten. Sie umdrängten mich, hackten nach meinen Füßen und hinderten mich am Weitergehen, bis verschiedentlich empörtes Geschrei ertönte, begleitet von heftigem Flügelschlagen, weil ich versehentlich auf einige getreten war. Sie waren gewöhnt, abends eine reichliche Schüssel Maische zu bekommen, für die sie mindestens eine Stunde anstanden, ehe sie fertig war. Heute jedoch war keine Zeit, die Maische zu kochen, daher füllte ich ihren Napf mit Mais – eine Wiederholung des Morgenfutters – und hoffte, sie ließen sich davon täuschen. Ich lauschte aufmerksam auf das Geräusch des wiederkehrenden Lastwagens, machte mir rasch eine Tasse Kaffee und kaute eine Scheibe selbstgebackenes Brot, bestrichen mit selbstgerührter Butter und *crowdie,* einer Art Quark. Zwischen je einem Schluck und einem Bissen lief ich die Eier des Tages aus den Nestkästen sammeln, nahm die sonnenwarme Wäsche herein, die zwei Nächte draußen gehangen hatte, ließ mich dann dankbar auf die Holzbank vor dem Haus fallen und dachte daran, wie glücklich ich doch sei, in solcher Umgebung zu leben.

Eine halbe Stunde später war ich nicht mehr so besinnlich. Es war längst genügend Zeit vergangen, um einen Lastwagen abzuladen, und noch immer keine Spur von seiner Rückkehr. War Willy bei einem verlängerten *strupak* geblieben? Bestimmt nicht, überlegte ich. Nach einem langen Tag und wo alle auf ihn warteten, um weiter aufzuladen, hatte er es doch sicher eilig, fertig zu werden. Ich wartete eine Viertelstunde, dann glaubte ich, auf unerklärliche Weise den Laster übersehen oder überhört zu haben, stand auf, reckte meine widerstrebenden Glieder und machte mich zu Fuß auf.

Es war ein holpriger Weg von beinahe zwei Meilen bis zum Moor, und doch einer, den man oft zurücklegte: zum Torfstechen, zum Melken, Füttern und nach dem Vieh Schauen, daß er mir mit der Zeit nicht anstrengender schien als ein kurzer Gang zu den Läden, hätte ich in der Stadt gelebt. Kleine Kinder gingen die doppelte Strecke zur Schule und wieder heim – Tag für Tag –, und man hielt sie nicht für überfordert. Alte Männer, die von einem »Häuschen« nichts hielten, schienen der Meinung, erst gute zwei Meilen von ihrem Heim sei es »privat genug«, um sich zu erleichtern. (Bei anhaltenden Schlechtwetterperioden litten sie an Verstopfung.) Die Frauen dachten sich nichts dabei, den mühseligen Marsch ein paarmal am Tag zwischen der Hausarbeit anzutreten. Zum Beispiel erinnere ich mich, wie ich in meinen Anfangszeiten in Bruach bei einer Nachbarin Besuch machte, die mir freundlicherweise angeboten hatte, auf einer ihrer Torfstellen Torf zu stechen, bis ich jemand fände, der meine »schälte«. Sie hatte versprochen, mich zu begleiten und mir genau die Stelle zu zeigen, da sie für einen Uneingeweihten alle gleich aussahen. Bei ihrem Haus angelangt, den Spaten in der Hand und bereit zur Arbeit, fand ich sie inmitten von Freunden aus dem Nachbardorf, denen sie eine Party gab. Ich entschuldigte mich und wollte mich zurückziehen, da setzte meine Nachbarin die Tasse ab, warf eine Jacke um und verkündete, sie werde mich begleiten.

»Aber Sie können doch Ihre Bekannten nicht einfach sitzenlassen und den ganzen Weg mit mir machen«, protestierte ich. »Dann eben ein andermal.«

»Nein, das muß sein«, beharrte sie. »Ist doch gar keine Entfernung.« Sie wandte sich an ihre Gäste und forderte sie gleichmütig auf, mit ihrem *strupak* weiterzumachen, sie brächte nur eben mal Miss Peckwitt raus. »Bin in ein paar Minuten wieder da«, versprach sie.

»Aye, Aye«, erwiderten die Freunde ebenso gleichmütig und wußten doch, daß die »paar Minuten« wahrscheinlich fast zwei Stunden sein würden.

Ich wanderte dahin, die Augen auf den Boden gerichtet, um Grasbüscheln, Steinbrocken, Karnickellöchern und sumpfigen Stellen auszuweichen. Plötzlich flog eine Schnepfe fast unter meinen Füßen auf, und mir brach vor Schreck der Schweiß aus. Ich blieb stehen, um Atem zu holen und zu beobachten, aber der Vogel war außer Sicht, ehe ich seinem Zickzackflug nachschauen konnte. Dann kam ein trillernder Blubberlaut, weil sich zwei Kuckucke eine alte Zaunpfahlreihe entlangjagten, die vermutlich einmal eine Grenze bezeichnet hatte. Meine Anwesenheit störte sie anscheinend nicht. Ich nahm meinen Gang wieder auf und rechnete mir aus, daß selbst wenn Willy sofort mit dem Laden begonnen hatte, es fast Mitternacht sein würde, ehe all mein Torf am Cottage abgeladen war. Es war ein langer, anstrengender Tag gewesen, aber die Aussicht, einen Großteil meines Heizmaterials bald innerhalb meines Croftzaunes zu haben, beflügelte mich. Ich keuchte Bruchstücke eines schottischen Tanzliedchens und versuchte, im Rhythmus zu marschieren. Die Brise war jetzt kühl und hatte mir auf meinen zerkratzten Armen eine Gänsehaut beschert. Meine Fingerkuppen fühlten sich heiß und wund an. Ich untersuchte sie und versprach mir einen Ausruh-Abend, an dem ich genügend Wasser zusammentragen wollte, um zu baden, mir die Haare zu waschen und die Nägel zu maniküren.

Als ich kurz aufblickte, sah ich Morag auf mich zukommen. Sie trug zwei Milcheimer, und zwar so, als seien sie beide voll.

»Sie haben Ihre Kuh schon gemolken?« fragte ich vorwurfsvoll. Wir hatten alle unsere Melkkübel mitgenommen, damit wir vom Torfaufladen direkt zu den Kühen gehen konnten.

»Aye«, bestätigte Morag, »und Ihre auch gleich, damit Sie nicht erst wieder hin müssen.«

»Aber wo ist der Lastwagen?« fragte ich.

»Der ist weg, *mo ghaoil.* Hat er's Ihnen denn nicht gesagt?«

»Weg? Nach Hause?« Ich war entgeistert. »Und was ist mit meinem Torf? Er wollte doch wiederkommen und ihn aufladen.«

»Er hat ausrichten lassen, daß er Ihren in ein paar Tagen holt, wenn das Moor ein bißchen trockner ist«, erklärte Morag freundlich. »Er hat gesagt, jetzt kommt er nicht mal mehr in die Nähe.«

»Aber er hat mir nichts ausrichten lassen«, erwiderte ich ärgerlich.

»Ach, er hat gesagt, Sie haben so müde ausgesehn, da hat er sich nicht getraut«, sagte sie.

Müde war ich gewesen, aber jetzt war ich außerdem noch böse, und dieser mühsame Marsch zum Moor, nur um zu erfahren, daß ich meinen Torf schließlich doch nicht aufladen konnte, verbesserte meine Laune auch nicht.

»Das hätte er mir aber sagen können«, sagte ich verbittert.

»Aber der Mensch muß Ihnen doch einen kleinen Hinweis gegeben haben, daß er nicht wiederkommt! Sind Sie sicher, daß er gar nichts gesagt hat?«

Ich versuchte mich an die Rückfahrt mit Willy zu erinnern. Er war damit beschäftigt gewesen, den ärgsten Felsbrocken und Schlaglöchern auszuweichen, und ich froh, mich ein bißchen ausruhen zu können, daher hatten wir uns nur höchst einsilbig unterhalten, bis er auf ein paar Dingis aufmerksam wurde, die unweit des Ufers auf dem gekräuselten Wasser dümpelten.

»Sieht aus, als ob die Makrelen gekommen wärn«, hatte er plötzlich lebhaft geäußert.

»Mmm, wahrscheinlich.« Ich war zu müde, um größeres Interesse zu zeigen.

»Sieht aus, als ob's Boot voll ist«, sagte Willy neiderfüllt.

Die Bruacher Crofter waren Fischer, keine Angler. Sie fingen gern eine ganze Ladung Fisch auf einmal – »das Boot voll«, wie sie es nannten, und der traditionelle Gruß für einen Mann, der nach ein paar Stunden Fischen zurückkehrte, lautete: »Na, hast wohl schon wunde Finger?« Womit ausgedrückt wurde, daß er wohl viele Fische von den Haken genommen hatte.

Während der Wintermonate begnügten sich die Crofter mit ihren Salzheringen, obwohl hin und wieder einer gestand, daß »ihm der Mund wässerte nach dem Geschmack von jungem Köhlerfisch«. Doch gerade im Winter waren Fische knapp in den Bruacher Gewässern. Selbst an den wenigen stillen Tagen, wenn weder Stürme noch deren Folgen das Auslaufen der Boote verhinderten, machten sich die Männer ungern die viele Mühe, die Dingis loszubinden, die schweren Felsbrocken auszuladen, mit denen sie gegen die Stürme beschwert wurden, sie über den Uferkies hinunterzuzerren, um höchstwahrscheinlich nach ein paar Stunden Frieren und Suchen ohne Fisch oder nur mit ein paar armseligen Schwänzchen heimzukommen, das Dingi hoch über die Flutlinie hinaufzuschleppen, die Steine einzuladen und die zahllosen Haltetaue wieder zu befestigen. Wenn daher der Frühling die Makrelenschwärme brachte, durchlief Erregung das ganze Dorf. Boote wurden ausgewintert, eifersüchtig gehütete Bleiklümpchen und rostiges Eisen hervorgesucht, Angelschnüre und Korken aus der Bilge gefischt.

Als der Laster heimwärts rumpelte, hatte ich versucht, die Bemannung der zwei Dingis zu erkennen, und mir überlegt, ob ich wohl das Glück haben würde, morgen früh eine Portion Makrelen an meiner Türklinke zu finden.

»Ehrlich, ich könnt 'ne Makrele zum Nachtessen brauchen«, sagte Willy verlangend.

»Sie essen also Makrelen?« fragte ich. Einer alten Tradition gemäß aßen die meisten Bruachen keine frischen Makrelen. Sie fingen sie zwar gern in Mengen, salzten sie dann aber ein, hauptsächlich als Köder für die Hummerkörbe.

»Solange sie frisch aus'm Meer sind«, erwiderte er.

»Hoffentlich krieg ich morgen eine zum Frühstück«, sagte ich.

»Zum Frühstück?« Es klang vernichtend. »Was taugt denn eine Makrele noch zum Frühstück? Man muß sie essen, wenn sie paar Stunden aus dem Wasser ist, sonst ist sie nicht mehr gut.«

»Wenn die um Mitternacht heimkommen, sind es nur mehr ungefähr acht Stunden, bis ich frühstücke.«

»Aber wenn man 'ne Makrele mehr als vier Stunden aufhebt, ist sie kaputt«, belehrte er mich. Ich dachte an die Vitrinen in den Fischgeschäften, in denen die Makrelen nach zwölf und vierundzwanzig Stunden lagen, steife, blasse Kopien der geschmeidigen, schillernden Fische, die wir kannten.

»Stellen Sie sich vor«, sagte ich voller Begeisterung, ohne im Moment Appetit zu haben. »Ein paar Makrelenfilets, in Hafermehl und Salz paniert und in der Pfanne im eigenen Fett gebraten.«

»Da läuft mir ehrlich das Wasser im Mund zusammen«, sagte Willy.

Als ich mir jetzt unser Gespräch zurückrief, dämmerte

mir, daß ich Willys letzte Bemerkung als mehrdeutige, aber höfliche Highländer-Manier hätte akzeptieren sollen, mir beizubringen, daß er zum Fischen gehen würde und ich mit meinem Torf warten müsse, bis er wieder zum Aufladen bereit war.

»Das dort wird er wohl sein, unser Held«, meinte Morag und lenkte mein Augenmerk auf ein drittes Dingi, das eben vom Ufer abstieß. Das nachglimmende Licht des Sonnenuntergangs beleuchtete einen feuerroten Schopf.

»So ein Mistkerl«, sagte ich.

Alle Gälen finden es amüsant, wenn jemand seinen Ärger offen zugibt, und Morags Augen funkelten, als sie sagte: »Sicher gibt er Ihnen dann eine gute Portion Fische, um's wieder gutzumachen.« Ich nahm ihr meinen vollen Eimer ab und war, als mir klar wurde, daß ich nun nicht mehr ins Moor hinausstiefeln mußte, voller Dankbarkeit.

Die besänftigende Portion Fische wurde am nächsten Tag durch Erchy geliefert. Willy und sein Laster erschienen wochenlang nicht mehr im Dorf. Inzwischen hatte das Highlandvieh, das manches vom spanischen Kampfstier an sich zu haben schien, mit meinen Torfstapeln Toreador gespielt, die Soden überall im Moor verstreut, das nach den Juliregen seine normale Klitschigkeit wiedererlangt hatte. Ich stapelte die Soden von neuem. Das Vieh wiederholte seine Angriffe. Fast jeden zweiten Tag regnete es. Verzweifelt rief ich den Kohlenhändler an und beschwor ihn, mir ein paar Tonnen Kohle zu liefern.

Heizmaterial für den Winter

Die ersten Juniwochen bescherten uns vierzehn Tage lang ununterbrochenen Sonnenschein. Die Oberfläche des Moors trocknete zu klingender Härte, und unsere Schritte dröhnten. Das verschrumpelte Riedgras war braun und spröde und zerkrümelte, wenn man darauf trat. Das Heidekraut vom April war brüchig und kratzte, und mit Ausnahme der allertiefsten Morastlöcher war das Moor in jenem Stadium, in dem es eine beachtliche Schicht Torf hergab. Und die Sonne schien immer noch. Junge Lämmer blökten auf den Hügeln, und augenrollende Kälber, von Geburt an zur Gefangenschaft in düsteren Ställen verurteilt, wurden unter gutem Zureden ins Freie geführt und angepflockt, wo sie während der ersten Tage, durch den ungewohnten Anblick von Licht und Wetter verwirrt, wild protestierten. Ständig dicht vor dem Durchdrehen, hopsten sie bei jeder plötzlichen Bewegung – dem Flug eines Vogels, einer nah vorüberschleichenden Katze –, so weit das Seil es zuließ. Die Hügelponys zogen sich in höhere Regionen zurück, wo sie – so unlogisch das klingen mag – saftigere grüne Weiden vorfanden, und bildeten dort oben eine dekorative Zierleiste gegen den Himmel, als hätten sie diesen Effekt beabsichtigt. Am Ufer unterhielten sich gackernd ganze Schwärme Eiderenten mit ihren neugierigen Rufen, und Schwärme von Delphinen tummelten sich im glitzernden Wasser. Von oben gossen die Feldlerchen ihren Jubel über alles herab, unterbrochen von dem Plumpsen tauchender Tölpel, die vom Ufer her klangen wie das Geräusch schwerer Bretter, die man aufeinanderwarf.

Auf den Crofts sproßte der Hafer und überzog die geeggten Flächen mit silbrigem Grün. Die schon früh gesetzten Kartoffeln zeigten gedrungene Sträußchen grüner Blätter, und zwischen ihnen arbeiteten die Crofter mit ihren Hacken. Die jüngeren Männer zogen Jacke und Pulli aus, ausnahmsweise schämten sie sich nicht ihrer Hosenträger und Unterhemden. Die kühneren ließen die beiden oberen Knöpfe ihrer Hemden offen und zeigten einen sonnenverbrannten Halsausschnitt. Selbst die alten – und mit alt meine ich die über siebzig – sahen jetzt schlanker und jünger aus, weil die Sonne ihre Falten rötete und sie ermutigte, ein bißchen von ihrer Winterpolsterung abzulegen. Ich selbst fühlte mich relativ geschmeidig in meinen leichteren Sachen, die so lange auf dem Grund des Koffers gelegen hatten, daß ich kaum noch wußte, daß ich sie überhaupt besaß. Ich plagte mich mit den allerdringendsten Arbeiten auf der Croft, räumte die Reste der Torfstapel weg, sammelte die Steine aus dem Gras, damit bei der Heuernte die Sense nicht stumpf wurde. Jeden Abend verglich ich das immer tiefere Sonnenbraun meiner Hände und Arme mit der Blässe der weniger exponierten Körperpartien. Der Spiegel zeigte mir Strähnen gebleichten Haars oberhalb eines Gesichts, von dem Morag meinte, es sähe aus wie das von einem »Sommertinker«. Doch das Tröstlichste von allem war das Wärmegefühl zwischen meinen Schulterblättern, dort war mir den ganzen Winter immer eisig kalt gewesen.

Nun sei die Zeit, teilte Morag mir bei einem Besuch mit, wieder einmal dran zu denken, unseren Torf heimzuholen. »Nicht daß Sie viel hätten«, fuhr sie fort, obwohl ich der Meinung war, Unmengen gestochen zu haben. »Sie könnten ihn wahrscheinlich allein heimtragen.«

Ein Jahr lang hatte ich mich energisch bemüht, mich an das ewige Hin und Her zum und vom Moor zu gewöhnen, Korb für Korb auf dem Rücken heimgeschleppt und mich dadurch in die Prozession von Großmüttern, Großvätern, sogar kleinen Kindern eingereiht, die täglich die Strecke mit hochbeladenen Kiepen bewältigten. Vornübergebeugt, die Arme verschränkt und das dicke Seil quer über der Brust, überwanden sie die Trittsteine im Bach und riefen mir mit krächzender Stimme einen Gruß und anfeuernde Worte zu. Doch mein Körper rebellierte gegen diese Strapaze. Nach jeder Ladung taten mir tagelang die Schultern unerträglich weh. Ohne zu zögern, willigte ich wieder einmal ein, mich an der Miete für einen Lastwagen zu beteiligen.

Morag ging, um das Nötigste zu veranlassen, und kam bald wieder, um mir auszurichten, Willy Ruag käme morgen sehr früh – »wenn der Herr ihn erhielt« –, um unseren Torf zu transportieren. In Anbetracht der Erfahrung des letzten Jahres, sollte meiner diesmal als erster aufgeladen werden.

»Wollen hoffen, daß das Wetter anhält«, sagte ich ohne eine Spur von Pessimismus. Der Himmel war noch immer blau und wolkenlos bis auf winzige weiße Wimpel, die kaum die Form veränderten, so lange man sie auch anstarrte. Die Hügel lagen geruhsam unter einem pfirsichfarbenen Dunst.

»Es heißt, so bald ändert sich nichts«, bestätigte Morag. »Und Sie kennen doch die Viecher, die Sie Rollasseln nennen und wir *Reudan.* Die Kinder schütteln sie jeden Morgen in den Händen, und sie rollen sich nicht zusammen, das machen sie nur, wenn's regnen wird.«

Diese Art von Wettervorhersage ließ mich schaudern. Morag sah meine Grimasse.

»Die sagen genauso richtig das Wetter voraus wie die Metrolilogen«, verteidigte sie sich.

Am nächsten Tag wartete ich am Tor zu meiner Croft, da kam der Lastwagen, hielt und rief mich mit lautem – ersichtlich total überflüssigem – Gehupe zu der Gruppe der Auflader, die es sich auf der Ladefläche bequem gemacht hatten. Die Frauen hatten alle Milcheimer bei sich, und darin befand sich zweifellos, wie auch in meinem, »ein bißchen was zum Lunch«. Die Fahrspur war trokken, das Moor war trocken, und das Lastauto kam glatt bis zu den Torfstapeln durch. Wir fingen sofort an aufzuladen. Heute gab es keinen Wind, der die bösen Bremsen abgehalten hätte, und sie schmausten üppig auf allem unbedeckten Fleisch. Alle bis auf mich trugen Gummistiefel – ich fand den Gedanken an schwere Stiefel an einem so heißen Tag gräßlich und ging barfuß in Sandalen. Es gibt keinen Teil des menschlichen Körpers, der einer Pferdebremse nicht schmeckt, und es war ein Glück, daß ich mir die Hosenbeine unten mit Schnur zugebunden hatte. Sie überfielen mich ohnehin durch die Öffnung in meinen Sandalen und bohrten sich tief in meinen unbedeckten Hals und die Arme. Die Bruacher schienen gegen die Biester immun geworden, aber mich quälten sie und zwangen mich zu häufigen Ausrufen. Ich patschte sie tot und hatte überall auf der Haut blutige Flecken.

»Was ist denn mit Miss Peckwitt?« fragte jemand.

»Ach, die Biester sind hinter ihr her«, erklärte Erchy, der zu den Aufladern gehörte.

Ich muß wohl nicht erst erklären, daß »Biest« in Bruach auf sämtliche Tierarten von Insekten bis zu Vierbeinern angewendet wird. »Ein Biest ist hinter ihr her« konnte ebenso bedeuten, daß ein Stier das Opfer aufspießen wollte, als daß es ein paar Mückenstiche abkriegte. Nur die Verschiedenheit im Ton verrät das Ausmaß der Misere.

Als meine Torfstücke verladen und zu Hause waren, kam Morags Stapel an die Reihe, doch sie bestand darauf, es müsse erst einmal einen *strupak* geben. In einer mit Moos ausgekleideten Mulde hatte sie bereits ein Feuer aus Heidekraut und Torf entfacht, und der Kessel kochte. Sie warf einige Handvoll Tee hinein, und Erchy zog ein paar Spritzer Milch aus der willigsten Kuh in Reichweite. Wir setzten uns auf den warmen Torfboden und aßen unser Mitgebrachtes.

»Mein Gott, es ist wirklich zu heiß zum Essen«, meinte Erchy und schlürfte seinen dampfenden Tee. Die straffe, sonnenverbrannte Haut seines Gesichts glitzerte von Schweiß.

»Ach, es ist so heiß, so heiß, so heiß«, stöhnte Nelly-

Elly und zupfte sich die feuchte Bluse von den Achselhöhlen.

Ich lag auf dem Bauch und lauschte dem begeisterten Sängerwettbewerb der Lerchen, den selteneren Rufen der lästigen Kuckucke, den schwer zu ortenden Raspeltönen der Wiesenknarre.

»Das Dumme bei solchem Wetter ist, daß keiner über ein anderes Thüüma zu reden weiß, als daß es heiß ist«, klagte Morag. »Gibt's nicht was Lohnenderes zu reden?«

Erchy brummelte etwas Unverständliches und streckte sich auf den Boden.

»Wenn wir Hosen tragen täten wie Erchy und Miss Peckwitt, könnten wir uns auch hinlegen«, sagte Nelly-Elly mit einem herausfordernden Seitenblick auf die alte Sarah. Sarah war eine überreife alte Jungfer, sehr religiös und insofern einzigartig, als es von ihr hieß, sie sei tatsächlich noch Jungfrau.

»Na, na«, mahnte Sarah und zog verlegen kichernd ihre langen Röcke bis über die Knöchel herunter. »So was dürft ihr nicht sagen.«

»Die Hosen von Miss Peckwitt sind ganz in Ordnung«, verteidigte Morag mich eilig, obwohl sie persönlich etwas gegen Frauen in Hosen hatte.

»Ich hätt Angst, drin umgebracht zu werden«, sagte Sarah und errötete, weil sie diese Unterhaltung sichtlich indezent fand.

Ich lachte. »Wieso sollte jemand Sie umbringen, nur weil Sie Hosen tragen?«

»Nein, nein, so nicht«, erklärte Sarah hastig. »Wenn ich plötzlich sterbe, meine ich, und das in Hosen, wie soll ich vor Gott treten, wenn er nicht weiß, ob ich Mädchen oder Junge bin?«

Erchy setzte sich auf. »Also ich kann dir sagen, du bist keins von beiden«, belehrte er sie geringschätzig. »Und wo du sowieso bald achtzig bist, ist es IHM sowieso egal.«

»Ich bald achtzig?« Sarahs empörter Ausruf übertönte die Vorwürfe, zu denen Nelly-Elly und Morag eben ansetzten. »Ich bin keine Spur bald achtzig, daß du's nur weißt, mein Lieber.«

»Mußt du aber sein«, gab Erchy zurück und zwinkerte uns zu.

»Bin ich überhaupt nicht«, wiederholte Sarah, »ich bin erst achtundsiebzig.«

Keiner lachte. Es lächelte nicht einmal jemand. Morag meinte: »Also, die Arbeit macht sich nicht von allein.« Wir standen auf, rieben uns die müden Rücken und machten uns an den nächsten Stapel.

»Wie laut es heute ist«, bemerkte ich, als das Geräusch des Lastwagens sich über die normalerweise so stillen Moore verbreitete. »Mit den singenden Lerchen und unserem Schwatzen und dem Motorengebrüll ist es kein bißchen mehr so einsam und ruhig wie sonst.«

»Darüber freu ich mich«, gestand Nelly-Elly. »Ich hasse es direkt, wenn das Vieh so weit weggelaufen ist, daß kein Mensch und kein Haus in Sicht ist, wenn ich melken geh.« Nelly-Elly erhob sich noch vor uns anderen und kehrte gewöhnlich vom Frühmelken zurück, ehe ein Rauchwölkchen aus dem Dorf aufstieg. Infolgedessen war es immer Nelly-Elly, der die einsame Aufgabe zufiel, das Vieh aufzuspüren, das sich manchmal meilenweit von der Stelle entfernte, wo es abends gegrast hatte. Die faulen Melker brauchten nur sie zu fragen, in welcher Richtung sie ihre Kühe zu suchen hatten.

»Miss Peckwitt, die ist gern im Moor allein«, versicherte Morag schelmisch. »Stimmt doch, was?«

Ich bestätigte es lächelnd. Meine Wanderungen in den Sümpfen Bruachs hatten mir viele angenehme Stunden bereitet, sowohl am Tag wie auch am Abend, wenn ich die Lampe näher an meine Bücher über Vögel und Pflanzen heranzog und zu bestimmen suchte, was ich gesehen und gesammelt hatte.

»Sie sollten's nicht zu oft machen, wirklich«, warnte Erchy. »Die Moore machen den verrückt, der viel mit ihnen allein ist. Besonders, wenn's Nebel gibt. Sogar die Vögel werden dann verrückt.«

Ich lachte unbekümmert. Es war zwar nicht angenehm, draußen im Moor vom Nebel überrascht zu werden, aber es hatte mir einmal ein unvergeßliches Erlebnis beschert. Ich kauerte unter Bonny und molk, als uns mit dramatischer Plötzlichkeit Nebel einhüllte. Während ich die letzte Zitze in den Eimer leerte, blickte ich auf, und direkt über mir schwebte ein verirrter Turmfalke so nah, daß ich durch das zarte Netzwerk seiner ausgebreiteten Flügel hindurchblicken konnte. Seine Regungslosigkeit und Stille waren unheimlich, und sekundenlang dachte ich, ich sei als Beute ausersehen. Dann warf Bonny ungeduldig den Kopf auf und der Turmfalke flog in den Nebel hinein und ließ mich mit einer Erinnerung zurück, die sich wohl nicht wiederholen würde.

Meine Gleichgültigkeit gegen seine Warnungen spornte Erchy zu weiteren unheimlichen Geschichten an.

»Denken Sie bloß mal an den alten Donald Bhan. Der ist viel zuviel allein auf den Mooren – oder auch daheim – und der hat sich schrecklich komisch benommen neulich, wie ich ihn bei den Stapeln gesehn hab.«

Wir sahen Erchy erwartungsvoll an.

»Er hat mich nicht kommen sehn, und ich hab mich hinter einem Stapel versteckt und ihn beobachtet. Er hatte seinen Torfspaten und das Torfeisen und eine Mistgabel und einen Stripper alle vor sich im Boden stecken und hat ihnen Befehle zugebrüllt wie 'n Hauptfeldwebel. ›Stillgestanden‹, hat er gebrüllt. ›Augen rechts! Gewehr über!‹ So wahr ich hier steh, er hat sie gedrillt, als ob er 'ne Armee vor sich hätte. Ich hab ihn eine Weile machen lassen, und dann bin ich von hinten nah an ihn heran und hab gerufen: ›Halt!‹ so laut ich konnte. Mein Gott, der hat sich vielleicht erschreckt, sag ich euch. Er hat den Mund so weit aufgerissen, daß ich gemeint hab, ihm fallen die Zehnen in den Morast.«

Wir lachten alle, obwohl Morag, die sich anscheinend

für Donald etwas genierte, zum Schluß teilnehmend murmelte.

Der Lastwagen kam die nächste Ladung holen und brachte Katy, die sich an der Miete beteiligte, damit auch ihr Torf heimgebracht würde. Katy war Bruachs allerneueste Braut, denn erst vor zwei Jahren hatte sie Fergus geheiratet. Wo immer sie auftauchte, mußte sie sich unzarte Anspielungen über ihr Eheleben anhören.

»Manchmal wünsch ich mir, ich hätt auch geheiratet«, vertraute mir die alte Sarah in einer Arbeitspause an, als niemand anders in Hörweite war.

»Wirklich, Sarah?« fragte ich überrascht. Sie schien mir von jeher so eine zufriedene, unabhängige alte Frau. Es wäre mir nicht im Traum eingefallen, daß sie sich nach einem Ehemann sehnte.

»Ach, aye«, gestand sie mit einem kleinen verschämten Seufzer. »Selbst jetzt noch würd ich jedes Angebot annehmen, wenn ich eins kriegte.«

»Sie scheinen aber sehr gut ohne einen Mann zurechtzukommen«, tröstete ich.

»Ja, ja, das schon. Ich will ihn ja nicht, um damit zu leben, aber wenn ich weggeh, bin ich so allein.« Wieder seufzte sie und fuhr rührend gefühlvoll fort: »Dann hätt ich doch gern einen eignen Mann neben mir, damit's nicht so furchtbar kahl aussieht.«

Das Aufladen ging unter Scherzen und Späßen bis ungefähr neun Uhr weiter, da fiel dem Fahrer ein, daß er eine Verabredung hatte. Er stürzte davon, wobei er versprach, am nächsten Morgen die Arbeit wieder aufzunehmen – »wenn der Herr mich erhält«, warf er zum Abschied Morag zu.

Wir rissen Moos aus und wischten uns damit den Torfstaub von Händen und Gesichtern und lasen die kleinen Brocken Torf auf, die zum Stapeln zu krümelig und zum Feueranzünden doch so kostbar waren, und füllten den Sack, den jede mitgebracht hatte, banden ihn mit Schnur zu und hängten ihn uns über die Schultern. Beladen mit vollen Eimern und Säcken fanden wir uns wieder zu einer lockeren Reihe zusammen und stapften gesellig-langsamen Schrittes heimwärts. Dabei zeigte jede einen Grad der Erschöpfung, der mit dem Alter abnahm. Die alte Sarah plauderte munter von einem Kloß, den sie sich kochen würde, wenn sie erst daheim war, und ein solcher Kloß mußte drei bis vier Stunden kochen.

Die Tageshitze war vorbei, aber die sonnenglühenden Felsen zu beiden Seiten unseres Weges gaben Schwaden gespeicherter Wärme ab. Der Bach plätscherte kindlich trillernd im Gegensatz zu seinem kehligen Wintergebrüll, das Wasser in der Bucht hatte rötliche Schatten und war gefleckt mit sämtlichen Farben des Rittersporns. Über uns flog eine Seeschwalbe, der deutlich sichtbar ein Aal aus dem Schnabel hing.

»Nun seht euch das an«, sagte Erchy. »Die will ins Nest. Ich hab die fast jeden Abend gesehn und nie ohne einen Aal.«

Ich lehnte mich an einen Felsen, stützte meine Last ab und sah dem Vogel nach, der über dem Rand des Moors verschwand. Es war an diesem Abend das dritte Mal, daß ich ihn so fliegen sah.

»Ich werd echt froh sein, wenn ich in mein eignes Nest komm«, sagte Morag.

»Ich auch«, bestätigte Katy leidenschaftlich. »Je eher, desto mehr freu ich mich.«

»Ach, du und Fergy könnt's ja nie erwarten, ins Bett zu kommen«, neckte Erchy, worauf schallendes Gelächter ausbrach. Katys glühendrotes Gesicht wurde noch röter.

Die alte Sarah wurde plötzlich ernst. »Ja, aber es macht mich doch traurig, daß ich noch so gar kein Anzeichen für was Kleines bei dir seh«, sagte sie bedauernd, und ihr Blick wanderte über Katys schlanke Gestalt.

Katys Gesicht verzog sich zu einem geheimnisvollen Lächeln. Sie blickte hinauf zu einer tiefblauen Wolke, die darauf wartete, die untergehende Sonne zu verschlingen.

»Mach dir nichts draus«, fuhr Sarah tröstend fort. »Ich

hab gar kein' Zweifel, daß DER HERR dir was Kleines in den Bauch pflanzen wird, wenn er es für richtig hält.«

Erchy blieb ruckartig stehen, und auch wir hielten an, der Meinung, er habe etwas Ungewöhnliches erblickt. »Tja«, sagte er und schüttelte verwirrt den Kopf, »das ist ja wohl das erste Mal, daß ich von Fergus als DER HERR reden hör.«

Er warf einen kurzen Blick auf unsere unterschiedlichen Mienen und ging dann, zweifellos um drohendem Tadel zu entgehen, rasch weiter.

»Oidhche mhath! Gute Nacht«, rief er gepreßt über die Schulter.

»Oidhche mhath«, gaben wir unsicher zurück.

Wildbret zum Abendessen

Unten am Ufer arbeiteten die Männer an ihren Booten. Manche hatten ein kleines Treibholzfeuer aufgeschichtet, über dem Kanister mit Teer erhitzt wurden, andere werkten mit Sägen und Beilen, Meißeln und Hämmern. Sie grüßten mich zerstreut und unterbrachen nur ganz kurz ihre Seemannsgespräche über Steven, Kausche und Schutzbrett, bezaubernde Namen, die mir anfangs total unverständlich gewesen waren und die ich jetzt präzise einzuordnen wußte. Ich blieb neben Erchys Dingi stehen und sah ihm zu, wie er flüssigen Teer in die Risse und Spalten goß, die sich im jahrealten, dicken, blasenbedeckten Überzug gebildet hatten.

»Was, noch mehr Teer?« kritisierte ich und zog eine Grimasse. Wenn Erchy mich in seinem Dingi mit hinausnahm, wurde von mir erwartet, daß ich half, das Boot auf den Strand zu ziehen, und Teer macht ein Boot bleischwer.

»Aye.«

»Ist es denn nötig, das Boot jedes Jahr neu zu teeren?« beharrte ich.

»Aye«, wiederholte er. »Zwei Wochen Junisonne machen am Boot mehr Schaden als zwei Jahre im Wasser rein und raus.« Er rammte den schwarzen klebrigen Pinsel in einen Spalt zwischen zwei Brettern. »Sehn Sie das?« fragte er. »Den haben die letzten paar Tage aufgerissen. Wenn ich's jetzt nicht teer, eh ich's ins Meer laß, kommt das Wasser nur so reingeschossen.«

Meine Erfahrungen mit Erchys Dingi hatten mich gelehrt, daß üblicherweise trotz des Teerens das Wasser hereingeschossen kam. Ich war gewöhnt, einen Großteil meiner Zeit mit Ausschöpfen zuzubringen.

»Ich hör, Hamish hat versucht, Ihnen das neue Boot anzudrehn, das er sich letztes Jahr gekauft hat«, sagte er, indem er sich aufrichtete und mit dem Pulloverärmel über die glühenden Wangen fuhr.

»Ach ja?« rief ich. »Wann denn?«

»Aye, hat er gesagt.« Erchy war sich sicher. »Erst neulich abend. Er hat Sie extra aufgesucht.«

Ich habe nie aufgehört, mich über die Gerissenheit der Bruacher zu wundern. Ich hatte in meiner Unschuld den Eindruck gehabt, Hamish habe mich besucht, um zu fragen, ob ich ihm einen Bienenstock verkaufe. Das sagte ich Erchy.

»Was sollte denn Hamish mit'm Bienenstock?« höhnte er. »Das hätten Sie doch wissen müssen.«

»Aber nur davon hat er doch geredet«, entgegnete ich lahm.

»Ach, der hat vorher verdammt genau gewußt, daß Sie ihm nie ein Volk Bienen verkaufen können.« Er dachte einen Augenblick lang nach. »Sind Sie sicher, daß er das Boot überhaupt nicht erwähnt hat?«

»Beim Weggehen, ja, da hat er erwähnt, ich bräuchte wohl ein hübsches, leichtes Boot, mit dem ich jederzeit fischen kann, wenn mir danach ist.«

»Und das haben Sie dann auch gemeint?«

»Ja.«

»Na, dann wird er wohl denken, er hätt ein Geschäft mit Ihnen gemacht.« Erchy klatschte weiteren Teer auf.

»Ich habe bestimmt nicht gesagt, daß ich sein Boot kaufen will«, sagte ich beklommen. »Ich kann es mir unmöglich jetzt schon leisten.«

Erchy setzte den Kanister mit dem Teer behutsam aufs Feuer. »Angenommen, Sie könnten sich 'n Boot leisten, dann wär's, wenn Sie vernünftig wärn, nichts für Sie«, vertraute er mir an. Ich wartete auf Erklärungen. »Er hat das Boot Anfang voriges Jahr gekriegt, und dann hat er 'n Job angenommen und es am Ufer liegenlassen und nichts dran getan.« Sein Ton und seine Miene drückten äußerste Mißbilligung aus. »Und wie er's heut zu Wasser gebracht hat, war's direkt ein Sieb. Der einzige

Grund, warum er's Ihnen verkaufen will: er weiß, Sie können schwimmen.«

»Jedenfalls vielen Dank, daß Sie mich gewarnt haben«, sagte ich, weil mir klar war, daß der Entschluß, mich zu warnen und damit einen Freund zu verraten, ihn langwierige Überlegungen gekostet haben mußte. »Ich werde daran denken und das nächste Mal vorsichtig sein, wenn er wieder einen Bienenstock kaufen will.«

»Sie erzählen aber nicht, daß ich's Ihnen gesagt hab.« Es war eine Feststellung und keine Frage und bedurfte keiner Erwiderung. Er tauchte den Pinsel in den Eimer und hielt ihn dann in die Höhe, so daß ein schwarzes Rinnsal die Steine bekritzelte. »Ich glaub nicht, daß er das Boot hier in der Gegend los wird«, sagte er. »Das bringt er wahrscheinlich nur mit 'ner Zeitungsanzeige an.«

Das Meer war still, es herrschte Ebbe, und ich suchte mir einen Weg hinunter ans Ufer und watete ins flache Wasser. Ich wollte Karraghenmoos zum Trocknen sammeln für Gelees und Puddings. Dieses Moos wuchs auf zerfurchten, vom Meer überspülten Felsen, die nur bei Ebbe herausragten, und je unerreichbarer der Fels, hieß es, desto nahrhafter das Moos. Es war eine erfreuliche Tätigkeit an einem so makellos schönen Tag. Die See schwappte träge um meine Gummistiefel, der Geruch der von Entenmuscheln durchsetzten Tangbüschel war frisch und stark. Überzeugt, ihre wohltätige Wirkung bereits zu spüren, atmete ich tief, während ich Hände voller Moos von den sandpapierrauhen Felsen rupfte. Als mein Beutel voll war, tauchte ich die blutenden Knöchel ins Meer. Das Wasser war kristallklar, ich sah die langen, dicken Tangstengel, die sich im langsamen Schwall der Flut verneigten. Noch tiefer unten wucherte der geheimnisvolle Dschungel anderer Pflanzen, in dem zweifellos vielerlei Arten von Meeresbewohnern auf Beute lauerten. Ich wußte, dort lebten Hummer, Krabben, vielleicht auch ein Aal, der sich seines Weges schlängelte. Mir fiel eine nach dem Echolot hergestellte Karte ein, die mir der Fischer

Angus einmal gebracht und die wochenlang an meiner Küchenwand gehangen hatte. Die Farben der Karte wandelten sich an der Luft vom dunklen Sepia zu einer Blässe, in der man die Umrisse kaum noch unterschied, doch in ihren Sepiatagen enthüllte sie mir die Gipfel und Täler, aus denen der Meeresboden besteht. Nie war mir bis dahin bewußt gewesen, daß die See eine Landschaft verbirgt, so zerklüftet wie die, die wir sehen. Angus hatte mich auf einige kleine Sepiaflecken aufmerksam gemacht und sie als Fischschwärme gedeutet. Ein besonders geformter Fleck verriet die Heringe, nach denen sie suchten, ein anderer einen Schwarm Makrelen, die einen weniger hohen Handelswert darstellten, einen wieder anderen erkannte er als »Pferdemakrelen«, einen Fisch, den die Fischer verfluchten, nicht nur, weil er unverkäuflich war, sondern weil seine scharfen Rückenflossen es erschwerten, ihn aus dem Netz zu schütteln. Das Stück »Seekarte« verblaßte schließlich ganz, doch während ihres Vorhandenseins war sie für all meine städtischen Freunde ein ebensolcher Gegenstand des Interesses gewesen wie ein wertvolles Gemälde.

Ich hörte etwas quaken und blickte auf. Eine stolze Brandente führte ihre eben geschlüpften Jungen auf einer Forschungsreise durch die Felsen. Der Enterich folgte und war der erste, der meine Anwesenheit bemerkte. Mit heiseren Warnrufen trieb er das Weibchen und die Brut weg. Etwas weiter draußen ruhte sich ein großer nordländischer Taucher auf dem Wasser aus, scheinbar regungslos, bis er den Schnabel hob und einen seiner seltsamen wilden Schreie ausstieß. In jedem Frühjahr kam der einsame Vogel, bekannt als »die Witwe«, in die Bucht und wartete hoffnungsvoll auf sein Männchen, das Tearlaich vor drei Jahren erschossen hatte. Jedes Jahr blieb das Tier noch lange, nachdem die örtlichen Fachleute behaupteten, es müsse unsere Breiten schon verlassen haben. Die Bruacher waren gerührt über die Treue des Vogels, und Tearlaich mußte sich bissige Anspielungen auf seine Grausamkeit anhören.

»Er hat gut geschmeckt«, verteidigte er sich. »Und es ist blöd, so empfindlich zu sein, wenn ein Vogel gut für den Kochtopf ist.«

»Manche sagen, es bringt Unglück, welche umzubringen«, warnte man ihn.

»Ach, Unsinn.« Tearlaich bemühte sich, gleichgültig zu klingen, doch obwohl der übriggebliebene Vogel ein prächtiges Ziel bot, machte er nie den Versuch, ihn zu erschießen. Wenn er unweit des Ufers arbeitete und der plötzliche Schrei des Tauchers ihn aufschreckte, fuhr er zusammen und fluchte.

Obwohl das Wasser um die Felsen kaum wahrnehmbar stieg, merkte ich doch, daß die Flut kam. Wenn man dem Meer so nah lebt und arbeitet, bekommt man ein Gespür für so etwas. Die Gezeiten werden eher ein Gefühl als eine Wahrnehmung. Ich spürte eine Art Brio, eine winzige Erregung im Wasser, die Brise wehte mir kühler über die Haut, die Seevögel, die bis jetzt auf den mistgesprenkelten Felsen gestanden und sich geputzt hatten, wurden lebhaft, die Erregung teilte sich dem Leben in den flachen Tümpeln oberhalb der Flutlinie mit. Kleine Krabben hoben sich aus den Muschelschalenscherben, die Seeanemonen, die in geschlossenem Zustand aussahen, als wären sie ausgespuckte, abgelutschte rote Bonbons, erblühten zu Tentakelrosetten und warteten auf Beute.

Langsam stieg ich das Ufer hinauf. Die warmen Felsen waren voller Strandschnecken, deren Schalen die Sonne grau gebleicht hatte. Ich schnippte ein paar ab und warf sie zu ihren tintenschwarzen Artgenossen in den Tümpel. Ich pflückte einige Stengel Seegras und untersuchte sie genau. Im richtigen Reifezustand schmeckten sie, so hieß es, sehr erfrischend. Die Kinder von Bruach kauten sie gern, wie Stadtkinder Schokoriegel mampfen. Doch sie müssen erst an den Strand gespült sein. Nach einem Sommersturm suchen die Kinder das Ufer ab nach Stengeln, die in einer besonderen Art Meerschnecke stecken. Die Bauern behaupten, der beste Käse in der Speisekammer sei unweigerlich der, den die Maus sich aussucht, und die Kinder meinten, das süßeste Seegras sei das, was den Schnecken schmeckte. Die Stengel, die ich auflas, waren vertrocknet und wenig verführerisch, und ich warf sie weg.

Die Männer arbeiteten noch immer an ihren Booten, wenn auch weniger eifrig. Erchy wischte sich die teerigen Hände an einem Büschel nassem Tang. Er begrüßte mich mit einem Kopfnicken.

»Schöner Abend zum Segeln«, bemerkte ich im Vorbeigehen.

»Aye, wenn Sie das vorhaben, gehn Sie zu Hector. Der fährt eine Touristin nach Rhuna rüber, sobald die Tide soweit ist.«

Ich schüttelte den Kopf. Ich hatte keine Lust. Rhuna war Meilen entfernt, die Touristin hatte ich kennengelernt und wußte, daß sie unaufhörlich schwatzte. Nicht nur dem am Ufer Zuschauenden erscheint ein Boot immer kleiner zu werden, wenn es hinausfährt: auch die Insassen merken, daß seine Enge mit der Entfernung vom Land und die Gegensätzlichkeit zwischen ihnen zunimmt. Ich wollte nicht von Hector aufgefordert werden und fuhr fort, den Strand nach etwaigen Schätzen abzusuchen.

Die Ufer der Inseln waren eine Fundgrube für alle Arten von Treibgut, und es gab wenige Crofter, die es sich nicht zum Prinzip machten, mehrmals die Woche die Strände abzusuchen – nach Holz oder anderem, von dem sie oft nicht wußten, wie es zu gebrauchen sei, das sie aber mitnahmen, weil es irgendwann einmal nützlich werden konnte. Jede Croft hatte ihren Schatz, und selbst wenn einmal etwas nicht wert schien, heimgetragen zu werden, wurde es wenigstens über die Flutlinie hinaufgezerrt, für ein andermal. Und wie oft wurde es tatsächlich noch gebraucht: Abgesehen von Brennholz fanden wir eiserne Bolzen, Schäkel und Ketten, Angeln und seltsame Metallgegenstände, die man selbst in einem Fachgeschäft nicht hätte kaufen können, Bootshaken, riesige Lukendeckel und Grubenstützen, Korkstücke jeder Form und Größe, Kisten und Steigen jeder Art. Wir fanden Fender aus Kokosfasern, die, wenn man schneller war als die Bootsbesitzer, ausgezeichnete Sitzhocker abgaben, und die Kinder veranstalteten Feuerwerke, wann immer Bündel von Kordit oder Rauchbomben angespült wurden.

Ich las mir ein reichliches Bündel Brennholz zusammen, schnürte es mir auf den Rücken und wollte mich gerade auf den Heimweg machen, als ich etwas Interessantes weiter weg am Ufer sah. Ich ging nachsehen und fand den angespülten Kadaver eines Junghirschs. Er hatte keine sichtbare Verletzung. Hinter mir rief jemand. Euan kam hastig heran. Er drehte das Tier mit dem Fuß um, und wir sahen, daß es eine große, vom Meer ausgewaschene Halswunde hatte.

»Du meine Güte, da haben Sie aber ein prächtiges Vieh«, gratulierte er mir. »Und kaum ein paar Stunden im Wasser gewesen.«

»Wie ist er wohl hineingekommen?« fragte ich.

»Da werden zwei gerauft haben, denk ich mir.« Er nickte in Richtung der größten der äußeren Inseln. »Drüben sind so viele, da raufen sie.« Er stieß mit dem Kopf, um einen angreifenden Hirsch nachzuahmen. »Der da hat verlorn, ist rückwärts und über die Klippe, bis er im Wasser war«, erläuterte er. Er bückte sich, betrachtete den Kadaver von nahem und sah auf.

»So kriegen Sie den nicht heim«, sagte er. »Ich werd ihn mal für Sie abhäuten.« Ich murmelte ein zweifelndes »Ja, bitte« und erlaubte mir die Überlegung, was ich wohl mit einer Hirschdecke anfangen sollte. Er riß sein Messer heraus und machte einen langen Schnitt in den Bauch. Ich wandte mich seewärts, während er mit den Händen hineingriff und die Gedärme herausholte. Es platschte weit draußen, und die Gedärme landeten im Wasser, so daß ich erneut zurückwich.

»Ein prima Vieh«, murmelte Euan wieder. Ich sah ihm zu, wie er gewandt mit dem Messer unter der Hirschdekke entlangfuhr, und als er fertig war, warf er mir die Haut zu. »Waschen Sie die einfach im Meer, und danach können Sie sie trocknen.« Ich tat wie befohlen, und als ich mich wieder umdrehte, fehlte dem Tier bereits der Kopf, und Euan zerlegte es.

»Jetzt brauchen Sie ein paar Wochen lang bestimmt kein Fleisch«, beglückwünschte er mich.

Mir blieb der Mund offen.

»Aber Euan«, widersprach ich, »den kann man doch nicht essen, oder?«

»Ein, zwei Tage noch nicht«, erwiderte er gleichmütig. »Er muß noch 'n Weilchen hängen, dann ist er soweit.« Er blickte auf, sah meine Miene und mißverstand sie: »Ich sag Ihnen doch, das ist ein ganz junges Vieh, das braucht nicht lang hängen. Ungefähr übermorgen können Sie's kochen.«

»Aber angespültes Wildbret ist doch bestimmt nicht genießbar«, widersprach ich schwächlich.

Euan war ein Ungeduldiger und seine Zunge manchmal scharf. »Nicht genießbar?« Vor Entsetzen ließ er das Messer fallen, und das Geräusch, mit dem es über die Steine klapperte, klang wie ein höhnisches Echo. »Aber ja ist das genießbar, Frau!« brüllte er mich an.

Ich fand, ich müsse festbleiben. »Aber wir wissen doch nicht, wie lange er schon tot ist?« Meine Stimme klang beinahe jammernd.

Euan nahm sein Messer wieder auf und warf mir einen Blick tiefster Verachtung zu. »Ich sag Ihnen doch, der war keine paar Stunden im Meer, und wissen Sie denn nicht, Frau, daß Seewasser Salzwasser ist und Salzwasser die beste Beize?«

Sein Argument klang einigermaßen vernünftig, und meine Zweifel legten sich.

»Möchten Sie nicht etwas davon haben?« schlug ich taktvoll vor.

»Das ist sehr nett von Ihnen, Miss Peckwitt. Ich hätt wirklich gern was. Ich eß Wild sehr gern.«

Daraufhin wurde mir besser. »Nehmen Sie, soviel Sie wollen«, sagte ich gnädig.

Er verstaute die Fleischstücke in seinem Sack, band ihn sich auf den Rücken und sagte, er würde sie mir bis nach Hause tragen. Die triefende Decke rollte ich zusammen und trug sie selber.

Vor meinem Häuschen ließ er den Sack fallen und fragte, wohin er das Fleisch tun solle.

»Ich nehme nur eine Keule«, sagte ich. »Nehmen Sie sich das übrige.«

Er freute sich sichtlich. »Sind Sie sicher, daß das genug für Sie ist?« erkundigte er sich.

Ich war ganz sicher.

Er zog eine Keule heraus und hängte sie in meinen Außenschrank. »In ein paar Tagen schmeckt Ihnen das«, versicherte er mir und ging.

Zwei Tage lang hing die Keule draußen, und immer, wenn ich den Schrank öffnete, beäugte ich sie zweifelnd und fragte mich, ob ich je den Mut fände, sie zu braten.

Am dritten Tag fand ich einen Vorwand, um in Euans Haus einen Besuch zu machen. Dort begrüßte mich seine Schwester Sarah.

»Du liebe Zeit, war das eine Masse Wild, die Sie meinem Bruder neulich gegeben haben. Wir haben zu unsern Kartoffeln davon gegessen, war so gut. Haben's richtig genossen.«

»Es war also in Ordnung?«

»Hab nie Beßres gegessen«, meinte sie begeistert und wartete auf meine Bestätigung. »Haben Sie Ihrs noch nicht gegessen?«

Ich mußte zugeben, ich hätte meines noch nicht gegart, aber da ich Sarah heil und gesund vor mir sah, beschloß ich, am nächsten Abend Abendessen davon zu machen, denn ich erwartete meine Freundin Mary, die aus England zu Besuch kommen sollte. Ich sagte mir, daß Wild vermutlich ebenso bekömmlich war wie das Fleisch, das ich von dem unappetitlichen Fleischerwagen kaufen konnte, der am nächsten Morgen kommen oder aber nicht kommen würde. Ich erinnerte mich an meinen letzten Einkauf von diesem blutbefleckten Karren: Der Kunde vor mir hatte Hack gekauft, und als ich drankam, konnte der Fleischer den Lappen nicht finden, mit dem er seinen Hackklotz abwischte. Er hatte im Wagen gesucht und dann auf dem Weg, weil er meinte, ihn fallen gelassen zu haben. Beide bemerkten wir einen Hüterhund, der in einiger Entfernung etwas Graues hin und her zerrte. Mit einem Fluch hatte sich der Fleischer auf den Hund gestürzt, ihm den Lappen entrissen und war damit zurückgekehrt, um den Hackklotz zu putzen. Ich war gegen derlei schon so abgehärtet, daß ich nicht einmal einen leisen Tadel von mir gab.

Am nächsten Nachmittag nahm ich die Keule, wickelte sie in Teig, wie Mrs. Beeton mir geraten hatte, und steckte sie für ein paar Stunden in den Ofen. Als Mary eintraf, war das ganze Haus erfüllt von köstlichem Bratenduft.

»Du meine Zeit, das riecht hier aber gut!« waren Marys erste Worte. Und nach einer Weile kam dann: »Sag mal, Becky, wie lang dauert es noch bis zum Essen?«

Noch während ich mir überlegte, ob ich ihr etwas über die Vorgeschichte erzählen sollte, hob ich den Braten aus der Röhre und nahm die Teigkruste ab. Die Fleischpfanne war halb voll üppiger brauner Bratensauce. Ich legte die Hirschkeule auf eine schön gemusterte Platte und trug sie zum Tisch. Sicherheitshalber stellte ich eine Dose Corned beef daneben. Mary sah mich schnuppernd, aber fragend an. Ich ignorierte es und griff nach dem Tranchiermesser. Es glitt so mühelos durch das Fleisch, als wäre es junge Hühnerbrust. Mary hielt mir ihren Teller hin. Ich tat einen tiefen Atemzug.

»Ich glaube, ich sollte es dir sagen ...«, begann ich. Bei

diesen Worten zog Mary ihren Teller wieder zurück. »Euan und Sarah haben auch davon gegessen«, schloß ich, »und sie sind gesund und munter.« Noch immer hielt sie ihren Teller fest.

»Willst du ihn nicht wenigstens probieren?« fragte ich ängstlich.

»Nicht, ehe du ihn probiert hast«, sagte sie.

Ich nahm eine Scheibe mit den Fingern und knabberte daran. Dann schob ich den Rest der Scheibe in den Mund und leckte mir die Finger, ehe ich mir weitere Scheiben auf den Teller häufte. Mary nahm ein Stückchen und aß es.

»Köstlich«, sagte sie ungläubig und hielt mir noch einmal den Teller hin. Wir lachten einander über den Tisch hinweg an und griffen zu Messer und Gabel.

Wir versammelten uns im Schulhaus, zusammen mit dem Landlord und einem Vertreter des Landwirtschaftsministeriums, der die Meinung des Dorfes erforschen sollte: Es ging um den Vorschlag, die Croftgrenzen zu begradigen. Das Projekt diente angeblich zum Besten des Dorfs, aber die Crofter, stets mißtrauisch gegen alles Neue, waren darauf bedacht, jede Veränderung zu boykottieren. Sie begriffen nicht, wieso die Neuaufteilung stattfinden konnte, ohne dem einen etwas zu nehmen und es dem anderen zu geben. Dabei würde unweigerlich einer den kürzeren ziehen, behaupteten sie, und da jeder der Anwesenden eisern entschlossen war, daß nicht er derjenige sein wollte, schien die ganze Zusammenkunft wenig Sinn zu haben. Es sei »mal eine Abwechslung«, sagten sie und zeigten sich äußerlich bereit, das Thema ernsthaft zu verhandeln, doch merkte man ihnen die unterschwellige Hoffnung an, es könne während der Diskussion ein amüsanter Streit oder eine komische Situation entstehen. Für sie war eigentlich jede Versammlung eine Abart eines *ceilidh,* wobei die Anwesenheit von Fremden verlangte, sich spöttischer Anmerkungen zu enthalten.

An diesem Abend garantierte die Anwesenheit des Landlords dafür, daß es wenig oder gar keinen Streit geben würde, denn obwohl die Bruacher zum Glück einen relativ toleranten und nachsichtigen Landlord hatten, hielt sich doch in ihren Köpfen noch ein Rest des Feudalsystems, in dem das Wohlwollen des Landlords zum Überleben unerläßlich gewesen war. Beispielsweise gab es ein Gesetz oder doch eine Tradition, wonach jeder männliche Dorfbewohner soundsoviel bezahlte Arbeit auf dem Estate zu leisten hatte. Obwohl die Zeiten sich geändert hatten und die Crofter jetzt reich genug waren, das Wohlwollen des Landlords nicht mehr nötig zu haben, hätten sie es doch übelgenommen, wäre dieser alte Brauch abgeschafft worden. Bot er ihnen solche Arbeiten nicht an, sie hätten es als Beweis dafür angesehen, daß sie bei ihm in Ungnade gefallen waren, und das wollten sie unbedingt vermeiden.

So hörte denn jeder die Ansprache des Ministeriumsvertreters höflich schweigend an. Das heißt, jeder bis auf Torquil, der zwar »ein bißchen simpel« war, dafür aber über eine laute, durchdringende Stimme verfügte. Diese Eigenschaften prädestinierten ihn geradezu für Zwischenrufe, und da man ihn vorher genau instruiert hatte, sprang er in regelmäßigen Abständen auf und brüllte: »Wir wollen unsere Rechte!« Eine Weile ertrug der Sprecher diese ständigen Unterbrechungen gutgelaunt, wurde aber schließlich doch ärgerlich und wandte sich an Torquil. »Sie bestehen also auf Ihren Rechten«, wies er ihn zurecht. »Nun sagen Sie mir mal, welche sind Ihre Rechte?«

Torquils Gesicht war vollkommen verständnislos. »Ich will verdammt sein, aber das weiß ich nicht«, erwiderte er und setzte sich.

Bald darauf beendete der Landlord die Versammlung, er wußte wohl, wie aussichtslos der Versuch bleiben mußte, etwas zu verändern. Sein Wagen entführte den entmutigten Sprecher, noch ehe alle Zuhörer das Schulhaus verlassen hatten.

»Du liebe Zeit, was für ein großartiger Abend«, sagte Anna Vic und blickte aufs Meer hinaus.

Es war tatsächlich ein großartiger Abend. Ein Abend, der auf einen hochsommerlich warmen Tag gefolgt war. Die See war träge und in Abständen von gekräuselten Partien unterbrochen, was die Anwesenheit von Köhlerfisch-Schwärmen anzeigte. Alle paar Minuten sahen wir die winzigen Wellchen sich in Silber verwandeln und hörten das Wasser über dem Schwarm lispeln, weil der Schwarm sich durch Sprünge vor der Verfolgung durch Raubfische zu retten suchte. Etwa eine Meile vom Ufer kreiste eine Horde Möwen ruhelos über dem Wasser, ihr Protestgeschrei und Gezänk klang ganz dünn, wenn es uns auf der leichten, meerkühlen Brise erreichte. Träge an seiner Vertäuung schaukelte Hectors Motorboot, frischgestrichen und aufpoliert, bereit für die Touristen, die bis dato nur vereinzelt eintrafen.

»Wo wir doch schon angezogen sind«, sagte Erchy (womit er meinte, daß einige von uns Schuhe statt Gummistiefel trugen), »könnten wir vielleicht eine Bootsfahrt machen?«

»Warum nicht?« stimmte Hector zu. Sofort ging man daran, das Dingi zu starten.

»Ich muß erst Katy Bescheid sagen«, meinte einer.

»Ich muß die Hühner versorgen.«

Es waren so viele, die es jemand sagen, jemand zum Mitkommen auffordern mußten, vielerlei Pflichten zu erledigen hatten, daß wir verabredeten, uns in einer Stunde am Strand zu treffen. In der richtigen Erkenntnis, dabei ruhig noch zehn Minuten zugeben zu können, kam ich erst später. Doch als ich am Ufer eintraf, waren nur Hector, Erchy und Janet da, saßen auf dem Dollbord des Dingis und warteten auf Fahrgäste.

»Ich könnt ebensogut nur euch beide rausfahrn«, meinte Hector und ruderte uns zum Motorboot. Wir kletterten an Bord, doch Janet, deren Blick sofort das Land abzusuchen begann, zeigte sich plötzlich besorgt.

»Ist das da nicht meine Kuh, Erchy?« fragte sie und zeigte auf ein Tier, das gefährlich nah am Rand der steilen Klippen graste.

»Aye, ist es«, bestätigte Erchy.

»Dann muß ich hin und sie zurücktreiben.« Janet wollte wieder ins Dingi zurückklettern. »Ist das nicht die Stelle, wo voriges Frühjahr ihre Mutter runtergestürzt ist?«

»Liegt scheint's bei dem Vieh in der Natur«, meinte Erchy.

»Natur hin, Natur her, ich muß sie von den Klippen

wegkriegen«, wiederholte Janet. Die beiden Männer ruderten sie ans Ufer, ich blieb allein im Boot. Ich saß im Heck, lauschte der Musik der See, die das Boot liebkoste, und schaute hinunter in die klaren, graugrünen, gläsernen Tiefen. Ich dachte an den neunzigjährigen Donald, einen frommen und geraden Mann, der sich eher die rechte Hand abgehackt hätte, als zu lügen, und trotzdem steif und fest behauptete, in seiner Jugend einen Nöck gesehen zu haben. Jeder weniger keusche Mann als Donald hätte das Ding als Nixe geschildert, aber Donald, der sich nie erlaubt hätte, auf eine nackte Frauengestalt zu blicken, selbst wenn es nur die obere Hälfte war, bestand darauf, das Wesen sei trotz seiner Brüste männlich gewesen. Er war damals ungefähr achtzehn und hatte die Hummerkörbe unmittelbar neben der Stelle geködert, als der Nöck sich etwa fünfzehn Meter vom Boot aus dem Wasser erhoben hatte. Dort war er geblieben und hatte ihn beobachtet, und Donald hatte ihn wie versteinert angestarrt, bis das Geschöpf einen Arm ausstreckte, wie um ihm zu winken, da hatte Donald es mit der Angst gekriegt, den Hummerkorb losgelassen, die Ruder ergriffen und war so schnell er konnte heimgerudert, wobei er um göttliche Führung betete. Selbst ich glaubte Donald seine Geschichte, weil ich Berichte gelesen hatte, wonach früher in dieser Gegend Seekühe gesichtet worden waren.

Wieder kam das Dingi längsseits. Diesmal voller Leute, einer lachenden, vergnügten Schar, bereit, den Abend zu genießen. Das Dingi machte kehrt und holte eine weitere Ladung. Bei Abendfahrten gab es keine Personenhöchstgrenze. Die gesetzlichen Vorschriften wurden so ausgelegt, daß nur die Anzahl der Zahlenden als begrenzt galt, und da die Fahrt diesmal gratis und für Freunde unternommen wurde, galt die Höchstzahl erst als erreicht, wenn der Bootsführer fand, nun sei gefährlich wenig Freibord übrig. Dabei ging es manchmal um Zentimeter.

Weil die Bewohner der Hebriden so nahe am Meer leben, sind oder scheinen sie gleichgültig gegenüber seinen Gefahren. Der Bootsführer mochte gelegentlich beim Fassungsvermögen seines Fahrzeugs Bedenken haben, die Fahrgäste höchst selten. Ich erinnere mich beispielsweise daran, wie wir an einem wüsten Sturmtag mit der offiziellen Fähre zu einer Insel übersetzten. Als die Mannschaft die Haltetaue losmachte, sah sie, daß bereits die Höchstzahl überschritten war, die bei Passagieren für verkehrssicher galt. Die Bootsleute lehnten es ab loszufahren, ehe nicht einige ausstiegen. Keiner rührte sich. Die Mannschaft blieb unerbittlich. Die letzten zwanzig an Bord Gekommenen hätten auszusteigen und auf die nächste Fähre zu warten, sagten sie. Noch immer rührte sich niemand.

»Mit dem Boot gehn wir nicht aufs Wasser«, bekräftigte einer. »Das ist gegen die Sicherheitsvorschriften. Ihr seht doch selber, wie wenig Freibord es hat. Das kommt doch nie und nimmer rüber.«

Ein Alter mischte sich ein. »Jetzt sind wir mal an Bord«, trotzte er. »Wie könnt ihr uns da zwingen, wieder auszusteigen?«

»Und ich sag, wir sind gefährlich überladen«, wiederholte der Bootsmann. »Ein paar von euch müssen zurück ans Ufer.«

»Keiner von uns geht ans Ufer«, sagte der Alte. »Und überhaupt kommt jetzt die Ebbe, und du mußt losfahrn, sonst brummt das Schiff auf.«

Die Miene des Schiffers bekam etwas Gequältes, er schien sich fast schon überreden zu lassen. Widerstrebend begann er das Tau vom Poller abzuwickeln.

In steigender Angst hatte ich mich damals durchgedrängt. Wenn der Schiffer es für gefährlich hielt, hatte ich keine Lust, mit ihm zu diskutieren. »Ich steige aus«, rief ich, doch als ich zum Sprung an Land ansetzte, hielt mich der Alte mit einer Hand zurück. »Geben Sie nicht klein bei, Madam«, belehrte er mich, »Sie haben das Recht, daß Sie hierbleiben. Sie waren eine von den ersten an Bord.«

»Ich möchte nicht eine der ersten sein, die ertrinkt«, gab ich zurück. »Ich warte auf die nächste Fähre.«

Der Alte wirkte sehr enttäuscht über meine Treulosigkeit, und nur zwei weitere Fahrgäste – beides Touristen – folgten meinem Beispiel. Das Boot fuhr ab, überfüllt wie es war, und erreichte sicher das andere Ufer. Den Triumph des Alten konnte ich mir lebhaft vorstellen.

Jetzt kam das Dingi mit einer letzten Ladung. Außer Morag, Anna Vic und Niall waren auch noch drei Amerikanerinnen an Bord, die am gleichen Abend im Dorf eingetroffen waren. Hector hatte bereits die Aufmerksamkeit der einen, einer hübschen Blondine, auf sich gelenkt.

»Da«, sagte Niall, »passen Sie mal eben dadrauf auf«, nahm sein Holzbein ab und warf es mir zu. Mit nur einem intakten Bein war Niall an Land wie auf See so beweglich wie mancher mit zweien. Von dem hölzernen sprach er nie anders als von seinem »Ersatzbein«.

»Okay, laß an«, befahl er Hector und ging nach vorn, um die Taue loszumachen. Niall besaß zwar eine Croft in Bruach, war aber selten im Dorf, weil er zu den verschiedensten Jobs unterwegs war. War er wirklich einmal zu Hause, schien er der Meinung, das ganze Dorf benötige seine Überwachung und Zuwendung.

Für dergleichen abendliche Impromptus gab es selten einen vorherigen Plan oder ein festes Ziel. Die Fahrgäste begnügten sich damit, zu singen und zu schwatzen, und ließen den Mann am Ruder steuern, wohin er wollte. Meist kreuzten wir einfach auf dem Meer herum, vielleicht zu einer Höhle oder kleinen Bucht, die interessant aussah. Gelegentlich gingen wir an Land, um eine Stelle zu erforschen, die sonst vergleichsweise unerreichbar war. Befanden wir uns auf einer der Inseln unweit des Hafens, gingen wir von Bord, überfielen einen Haushalt – man konnte immer irgendeine Verwandtschaft geltend machen – und genossen dort einen *ceilidh.* Es galt nicht als unzumutbar, eine Gesellschaft von etwa zwanzig, dreißig Personen zu bewirten, die ohne Voranmeldung gegen Mitternacht auftauchte. Eher im Gegenteil. An den abgelegenen Orten auf den Hebriden betrachtet die Hausfrau es als eine Ehre, von Besuchern auserwählt zu werden. Beim Abschied ist sie es, die den anderen dankt, daß sie von ihrer Gastfreundschaft Gebrauch gemacht haben. Erblickt man eine Bootsladung Menschen unweit der Anlegestelle, kommt der Kessel aufs Feuer, es wird ein Blech Speckkuchen vorbereitet, und ein männliches Familienmitglied eilt ans Ufer und bittet um den Vorzug, Gastgeber sein zu dürfen.

Heute übernahm Niall das Ruder, weil Hector zu stark mit seiner Blondine beschäftigt war, um sich um das Schiff zu kümmern. Es erwies sich bald, daß Niall uns zu einer kleinen, abgelegenen Bucht brachte, wo ein Sturzbach das Ufer einer schwarzen, schroffen Hügelkette weiß schäumend umspülte und sie von einer kleinen Strecke ebenes Land und ebenso rauhen Hügeln trennte. Unweit des Ufers befand sich eine Schutzhütte für die Flußwächter, aus deren winzigem Kamin Rauch aufstieg.

Es gab keinen Landungssteg, daher stieß Erchy fachgerecht in ein Kuhhorn, um ein Dingi herbeizurufen, das uns ans Ufer bringen sollte. Er mußte es mehrmals wiederholen, ehe sich etwas rührte, dann tauchte ein alter Mann auf, winkte übertrieben mit hoch über den Kopf erhobenen Händen, hastete zu der Stelle, an der sein Dingi lag, und zerrte es hinunter ans Wasser.

»Das sind dir vielleicht Aufseher!« meinte Johnny sarkastisch. »Sollen Ausschau halten nach Wilderern, und dabei hätten wir alles wegtragen können, eh der überhaupt merkt, daß wir da sind.«

Hector hob den Kopf von der Schulter der Blondine. »Weiß nicht, warum wir's nicht getan haben«, meinte er wehmütig. »Unterm Bodenbrett wär ein Netz gewesen.«

»Pssst!« warnte Erchy, als das Dingi sich näherte, »Padruig hört dich.«

Niall manövrierte das Boot so nah ans Ufer, wie die

Flut es zuließ, um langwieriges Hin und Her zu vermeiden, und als alle bis auf Erchy und Hector an Land waren, schlug man uns vor, schon zum Hause hinaufzugehen, während sie das Boot in sicherer Entfernung vom Ufer weiter oben vertäuten. Erchy übernahm das Dingi, und Padruig führte uns zu der Schutzhütte.

Wir waren sichtlich willkommen und drängten uns in die zellenkleine Hütte mit ihren nackten Holzwänden und nacktem Zementboden. Abgesehen von einer rauhen Bretterbettstatt am Feuer, bestand die Möblierung aus einem Tisch und drei Stühlen, die sichtlich alle aus Treibholz zusammengebastelt waren. Entlang der einen Wand standen fast volle Säcke mit Haferschrot, Mehl, Zucker und Kartoffeln aufgereiht. Auf einem niedrigen Bord standen mehrere rostige Keksdosen, die gewiß Dinge wie Tee, doppeltkohlensaures Natron und Weinstein enthielten. Die Männer setzten sich auf die Säcke und Keksdosen, während Padruig ungeschickt an einem Haufen Seilfender in einer Ecke zerrte. Ritterlich reichte er mir einen Fender und versicherte mir, es wäre ein sehr bequemer Sitz. Trotzdem gab es nicht genügend Sitzgelegenheiten, daher brachte man ein langes Holzbrett herein und stützte es auf zwei Paraffinkanister.

Erst eine halbe Stunde später trafen Erchy und Niall ein, gefolgt von Hector, der die drei Amerikanerinnen vor sich hertrieb. Sie hatten den anderen nicht folgen wollen, der Meinung, sie seien vielleicht nicht willkommen. Aber das waren sie natürlich.

»Kommt nur herein, *mo ghaoils*«, forderte Mairi, Padruigs Frau, sie in einem Ton auf, als seien sie seit Jahren Nachbarinnen. »Kommt herein und setzt euch.« Das war leichter gesagt, als getan, aber man machte den beiden noch Platz auf dem Brett. Hector, dem es selbstverständlich gelungen war, sich einen der Stühle zu sichern, deutete der Blondine an, sie könne auf seinem Knie sitzen. Das tat sie – unter heiteren Warnungen der Versammelten – gern.

Mairi bestrich Scones mit Butter, während hinter ihr ein weiteres Backblech voll über einem hoch aufgeschichteten Treibholzfeuer auf dem flachen Steinherd hing. Auf der Seite stand ein dampfender Kessel.

»Soll ich den Tee reintun?« fragte Morag hilfreich. Mairi dirigierte sie mit einem Kopfnicken zu der Dose, auf der Johnny saß, und sie scheuchte ihn auf, um Hände voller Tee in einen großen, rauchgeschwärzten Metalltopf zu schaufeln.

»Und wie gefällt's dir auf dem Wachtposten, Mairi?« erkundigte sich Anna Vic.

»Es gefällt mir ganz prima«, erwiderte Mairi. »Für mich ist es wie Urlaub.«

Es ist ungewöhnlich, in der Schutzhütte eines Flußhüters eine Frau anzutreffen. Normalerweise sorgen die Männer für sich selbst, während sie wachen, deshalb auch das primitive Domizil. Als jedoch Mairis Ehemann Padruig und ihr Sohn Sandy für die ganze Saison den Wachtposten übernahmen, hatte sie als gewissenhafte Frau und Mutter darauf bestanden, ihr Leben in der Schutzhütte zu teilen. Sie hatte ihre Kuh und ihre Hühner mitgebracht, der Meinung, daß dieser Wechsel auch für sie Urlaub bedeute.

Eine der Amerikanerinnen schien etwas ratlos. Sie war sehr groß, voller Pickel, trug eine Brille und sprach mit lauter, durchdringender Stimme.

»Haben Sie nur dieses eine Zimmer?« fragte sie.

Mairi gestand, dies sei ihre einzige Unterkunft.

»Sie meinen, Sie bewohnen alle drei dieses Zimmer, auch zum Schlafen?« fragte das Mädchen.

»Es schlafen nie alle drei gleichzeitig«, erklärte ihr Mairi. »Mein Mann und mein Sohn sind hier zum Wachen, nicht zum Schlafen.«

»Und was ist mit der Post? Bekommen Sie die Post hierher?«

»Aber ja doch.« Mairis Stimme klang etwas entrüstet. »Ein-, zweimal die Woche kommt der Mann rüber.

Wenn was dabei ist für Leute wie uns und das Bringen sich lohnt. Wir erwarten nicht, daß er den weiten Weg mit irgendwas Unwichtigem macht.«

»Und wie ist es mit Proviant? Wie kriegen Sie Lebensmittel und so etwas her?«

»Die haben wir mitgebracht.« Mairi wies mit dem Kopf stolz auf die Reihe Säcke und Konservendosen. »Mit dem und der Milch von der Kuh und den Eiern von meinen paar Hühnern und dem Meer voller Fische und mit Lachs ganz umsonst, wozu brauchen wir Proviant?« Mairi war sehr geduldig. »Gibt's in Ihrem Land nicht auch Gegenden, *mo ghaoil*, wo die Flußwächter nicht zu den Läden können?«

Das war ein kleiner Dämpfer für die Amerikanerin. »Doch, doch, glaube ich, aber sie brauchen nicht ohne Telefon und elektrischen Strom auszukommen.«

»Aye«, sagte Mairi. »Ich hab gehört, in eurem Land ist man ganz fabelhaft mit dem Elektrischen.«

»Wo ist denn Sandy hin?« fragte Erchy.

»Der sammelt Möweneier«, gab Padruig Auskunft. »Er kommt bestimmt ganz bald wieder.«

Erchy neigte den Kopf in Richtung auf Ealasaid. »Da hast du sicher recht«, sagte er bedeutungsvoll.

Ealasaid zeigte durch nichts, daß sie Frage oder Antwort gehört hatte, und schwatzte weiter mit ihren Freundinnen.

»Hast du mich gehört?« rief Erchy zu ihr hinüber.

Sie warf ihm einen kecken Blick zu. »Ich hör dich schon«, sagte sie und warf den Kopf zurück. Die ganze Gesellschaft lachte und zwinkerte sich zu.

Ealasaid war die Tochter des Schafhirten und außergewöhnlich schön, groß und schlank, mit zarter Haut und einem Haar, das rot leuchtete wie Heidefeuer in einer dunklen Nacht. Sämtliche Männer des Dorfs huldigten ihr, aber nur Sandy konnte sie zum Erröten bringen. Sie war ein liebenswürdiges Mädchen, sanft und doch immer zu Scherzen aufgelegt und wundervoll geeignet für den

Schwesternberuf, den sie sich erwählt hatte. Unglücklicherweise war jedoch bald nachdem sie ihre Ausbildung begonnen hatte, ihre Mutter gestorben, und sie hatte es völlig in Ordnung gefunden, daß sie heimkommen und für ihren Vater und die Croft sorgen mußte. Sie äußerte kein Bedauern, ihre Karriere aufzugeben, und manchmal fragte ich mich, ob nicht die damit verbundene Trennung von Sandy sie stärker bedrückt hatte, als sie durchblicken ließ. Noch ehe sie aus der Schule kamen, waren Ealasaid und Sandy unzertrennlich, und jeder prophezeite, daß sie eines Tages ein Paar würden. Sandy hatte es jedoch scheinbar nicht eilig mit dem Heiraten, und jetzt machte ein Mann aus einem Nachbardorf Ealasaid feurig den Hof, der zwar vergleichsweise reich war, von den Bruachern jedoch verachtet wurde.

Anna Vic reichte große Becher dampfenden Tee herum. Es gab nur ein halbes Dutzend davon, daher mußten sie für alle reichen, wir nahmen einen Schluck und gaben sie weiter. Wollten wir Scones, standen wir auf und bedienten uns von der Schüssel auf dem Tisch.

»Jetzt kommt Sandy«, verkündete Padruig. Man hörte draußen Pfeifen und Schritte. Ealasaid wandte der Tür den Rücken, und Sandy kam herein, er füllte mit seiner Länge und Breite die ganze Tür. Er war ein Prachtkerl, blond und mit einem Gesicht, das man streng gefunden hätte, wären da nicht die Fältchen in den Augenwinkeln und der humorvolle Zug um die Lippen gewesen. Auch unter Freunden war er still und wortkarg, jeder hatte ihn gern und bewunderte ihn. Er erinnerte mich an Gary Cooper, und wäre ich zwanzig Jahre jünger gewesen, ich hätte mich bestimmt Hals über Kopf in ihn verliebt.

In der Hand trug Sandy einen großen Melkkübel, randvoll mit Möweneiern. Er stellte ihn auf den Tisch und nickte seinem Vater zu. Padruig nahm sofort den großen eisernen Kochtopf und ging hinaus. Er kam mit dem Topf halb voll Wasser zurück, und die Eier wurden eines nach dem anderen hineingelegt, nachdem sie in Meerwasser geprüft worden waren: Die frischen sanken unter, die schlechten schwammen oben. Sandy hing den Topf übers Feuer, und als sie nach einer halben Stunde hart gekocht waren, schälten wir sie und bissen genüßlich hinein. Die Amerikanerinnen waren begeistert, bis eine von ihnen einen Embryo fand.

»Macht nichts«, tröstete Erchy. »Sie müssen einfach den Teil rausnehmen und wegwerfen.« Sie warf jedoch auch alles übrige ins Feuer. »Sie müssen Rührei draus machen«, riet er ihr. »Dann merken Sie so was nicht.«

»Die Ebbe kommt jetzt schnell«, sagte Niall und erhob sich, »wir müssen weg.«

Hector kippte die Blondine von seinem Knie und sprang auf. »Ja, wir gehn, und ich hol das Boot«, sagte er, zur Tür gehend. Erchy und Niall folgten ihm. »Wir blasen ins Kuhhorn, wenn wir soweit sind.« Ealasaid war die einzige, die Ungeduld zeigte.

»Na ja, Ealasaid braucht eben eine Masse Zeit, um sich für den Tanz morgen herzurichten«, sagte Anna Vic.

Sofort schaltete Sandy sich ein. »Tanz? Was für 'n Tanz?«

»Ealasaids Verehrer gibt doch morgen abend eine Tanzerei. Er hat 'n Saal gemietet und Geiger und Akkordeon bestellt. Es wird großartig. Hast du nichts davon gehört?«

»Und Ealasaid ist die einzige von hier, die er eingeladen hat«, ergänzte eines der Mädchen. »Außer ihr kommen nur seine piekfeinen Freunde.«

»Und sie hat sich ein neues Kleid dafür gekauft«, sagte Anna Vic.

Sandy sah Ealasaid scharf an. »Du gehst nicht.« Es war eher eine Feststellung als eine Frage.

»Mach ich doch.« Mir fiel auf, daß Ealasaid Sandy bei diesen Worten nicht ansah und sie einander beim allgemeinen Aufbruch nicht adieu sagten.

In Bruach gehörten dann Morag, Anna Vic und ich

zur Fracht des letzten Dingis, und als wir landeten, waren die anderen schon den Weg hinauf verschwunden.

»Oidhche mhath!« riefen wir uns zu und wollten auseinandergehen.

»He, warten Sie«, befahl Erchy. Wir wandten uns um. »Wir haben was für Sie«, sagte er. »Wir haben's geschafft, das Netz über den Fluß zu kriegen, als wir Padruigs Dingi geliehen hatten.«

Hector hob die Bodenplanke des Boots: Darunter lagen ein halbes Dutzend frische Lachse.

Am folgenden Abend hatte Bruach eine kleine Abwechslung. Im Schulzimmer sollte eine Auktion stattfinden zugunsten des Altenheims. Die Auktion hätte man wohl besser als »Bring und Kauf«-Veranstaltung bezeichnet. Jeder brachte, was er konnte, und so gab es denn eine Unmenge Eier, Säcke mit Kartoffeln und etwa ein Dutzend halbe und ganze Flaschen Whisky. An und für sich wollte die Eier und Kartoffeln niemand, trotzdem wurde lebhaft geboten, und kaum war etwas einem Käufer zugesprochen, wurde es wieder in die Auktionsmasse zurückgelegt. Selbst der Whisky wurde immer wieder zurückgegeben, so daß der Endkäufer schließlich sieben Pfund pro Flasche zahlen mußte. Am Schluß der Veranstaltung wurde dem Whisky rasch der Garaus gemacht, und was an Eiern und Kartoffeln noch übrig war, nachdem die Kinder sich damit beworfen hatten, wurde zum Bus gebracht, der sie beim Krankenhaus ablieferte.

Wir waren eben dabei, das Schulzimmer wieder aufzuräumen, da erschien Sandy.

»Ihr könnt gleich die Schulbänke an die Wand schieben und den Boden freimachen zum Tanzen«, befahl er uns in seiner knappen, autoritären Art.

Wir schauten alle sehr verblüfft.

»Hier zu tanzen ist nicht erlaubt«, sagte Janet.

»Doch«, sagte Sandy kurz. Niemand bezweifelte je, was Sandy sagte. Er hatte irgendwie die Genehmigung für die Tanzerei bekommen, und seine Aussage wurde ohne weitere Fragen akzeptiert.

»Und was ist mit der Musik?« meldete sich eines der jungen Mädchen. »Ein Tanz ohne Pfeifer oder Fiedler taugt nicht.«

»Wir haben einen Fiedler und ein Akkordeon«, gab Sandy Auskunft. »Die sind schon da und fertig zum Anfangen.« Er trat beiseite und ließ zwei zerzauste Burschen ins Schulzimmer. Der eine trug eine Geige, der andere ein Akkordeon.

»Du liebe Zeit«, sagte Erchy und zwinkerte mit den Augen. »Na, dann los, schiebt die Pulte aus dem Weg.« Bald war der Boden freigeräumt, die Musik setzte ein. Und Sandy verschwand.

Erst viel später kam die ganze Geschichte ans Licht.

Sandy, der verhindern wollte, daß Ealasaid mit ihrem reichen Verehrer tanzen ging, hatte sich einen Tag freigenommen und war ins Dorf gegangen, in dem zwei Musiker wohnten, die auf der Tanzerei dieses Verehrers spielen sollten. Er hatte mit ihnen über Geschäfte gesprochen, sie großzügig mit Whisky traktiert und so lange aufgehalten, daß sie den Bus versäumten. Dann hatte er erwähnt, er miete sich sowieso einen Wagen zum Nachhausefahren, sie könnten gern ein Stück mitkommen, er würde sie vor dem Saal absetzen. Die Musikanten waren rührend dankbar, und der Fahrer hatte von Sandy die Anweisung, recht langsam zu fahren. Binnen kurzem hatten die beiden Musikanten angefangen, im Fond des Wagens ihren Rausch auszuschlafen. Sie erwachten erst in Bruach, und da der Mietwagen sofort umgekehrt war und sie keine Chance hatten, an diesem Abend noch eine Fahrgelegenheit aufzutun, hatten sie in Bruach bleiben müssen. Kurz gesagt, Sandy hatte die Kapelle gekidnappt, und da er den Männern den gleichen Betrag versprochen hatte, den sie bei ihrem offiziellen Engagement zu erwarten hatten, waren sie nur zu froh gewesen, zu einem Bruacher Tanz aufzuspielen.

Als Sandy sich überzeugt hatte, daß der Tanz befriedigend begonnen hatte, verschwand er aus dem Schulhaus, ging geradewegs zu Ealasaids Haus und wartete dort, bis sie von ihrem übellaunigen Freier heimgebracht wurde. Kaum hatte der Mann sich verabschiedet, trat Sandy ihr gegenüber.

»Na, gut amüsiert?« fragte er.

»Es war gar kein Tanz. Die Kapelle ist nicht gekommen, und wir saßen bloß rum und wußten nicht, wie uns amüsieren.«

»Aye, das ist das Schlimme bei den feinen Leuten«, bestätigte Sandy. »Sie haben vergessen, wie man sich amüsiert, weil sie immerzu Geld verdienen müssen.«

»Weiß Gott, was mit der Kapelle passiert ist«, sagte Ealasaid. »Sie haben sie gesucht wie verrückt, aber es hat sie niemand gesehn.«

»Die sind unten im Schulhaus und spielen zu unserem Tanz auf«, sagte Sandy. »Ich bin gekommen, um dich hinzuführn.«

»Hier? In Bruach?« Erst war Ealasaid entsetzt, aber als Sandy ihr alles erklärte, wäre sie fast geplatzt vor Lachen.

Als die beiden im Schulhaus eintrafen, war es schon nach Mitternacht, und sie stürzten sich sofort in einen Schottischen.

Für den Rest der Nacht saß Ealasaid, wenn sie nicht gerade mit Sandy tanzte, nur da und verschlang ihn mit bewundernden Blicken. Und als die Wachsaison vorüber war, fuhr das Paar heimlich nach Glasgow und ließ sich in aller Stille trauen.

Eine Jacke für St. Peter

Johnny und Erchy unterhielten eine sichtlich aufmerksame Gruppe von Freunden vor der Stalltür auf Erchys Croft. Ich rief auf dem Weg zur Post einen Gruß hinüber und wurde herbeizitiert.

»Hier, schaun Sie mal«, befahl Erchy und zog den Gummistiefel aus, um uns einen dicken Socken zu zeigen, der in so vielerlei leuchtenden Farben gestopft war, daß er aussah, als habe ein Kind sich an Gobelinstickerei versucht. Erneut brach die Gruppe in wieherndes Gelächter aus. Auch ich lächelte über das ganze Gesicht.

»Ich glaube, ich weiß, wer dafür verantwortlich ist«, sagte ich.

»Aye, wirklich?« erwiderte Erchy verstimmt. »Ich hab sie nur angezogen, damit es was zum Lachen gibt. Wie meine Mutter sie gesehn hat, hat sie gemeint, man sollte sie einheizen.«

»Ich fürchte, es ist zum Teil meine Schuld«, gestand ich.

»Sie? Haben Sie sie drauf gebracht?«

»Nein, aber ich bin zufällig bei ihr im Cottage gewesen, als sie Ihre Socken stopfte. Sie war gerade mit dem ersten fertig, und als ich sah, daß sie hellgrüne Wolle für die Zehen und Orangerot für die Ferse genommen hatte, konnte ich nicht anders als ein bißchen kichern.«

»Na, das war's dann«, beschuldigte mich Erchy. »Das ist eine ganz Komische, wenn sie nur jemand zum Lachen bringen kann.« Er zog den Stiefel wieder an. »Es waren keine üblen Socken, bis sie sie erwischt hat«, klagte er. »Jetzt muß ich mir bei den Tinks neue kaufen, wenn die mal wieder kommen.«

»Von meiner Mutter wollte sie auch unbedingt welche von mir haben zum Stopfen«, warf Johnny ein.

»Hat sie sie denn gekriegt?«

»Aye. Ich muß schaun, daß ich sie wiederkrieg, eh sie sie verdirbt.«

»Das ist sicher zu spät«, sagte ich, »sie ist stolz darauf, eine schnelle Arbeiterin zu sein.«

»Die fliegen unter den Kessel, wenn sie mit denen macht, was sie mit Erchys gemacht hat«, drohte er. »Sie glaubt wohl, wir sind Tinker und haben gern solche Farben an die Füße.« Er schlug einen Holzpfahl in seinen Heustock.

»Habt ihr die Socken gesehen, die sie für das Waisenhaus gestrickt hat?« erkundigte ich mich.

»Aye, ich schon«, sagte Johnny. »Die armen Kinder können einem leid tun.«

Das Waisenhaus hatte eine Anzeige aufgegeben, es würde gratis Wolle an diejenigen verteilt, die für die Waisenkinder Socken strickten. Miss Parry, eine neu zugezogene Bewohnerin von Bruach, hatte sich sofort gemeldet, und es war ein großes Paket Wolle eingetroffen, genügend für ein Dutzend Paar, jedes in einer anderen Farbe. Einige Tage später hatten Morag und ich Miss Parry besucht und festgestellt, daß sie die meiste Wolle bereits verstrickt hatte, die fertigen Socken waren, könnte man sagen, paarweise ausgelegt. Morag und ich hatten uns verstohlene Blicke zugeworfen. Die Socken waren lange Schläuche, an den Zehen zusammengenäht, und aus den zwanzig nicht zueinander passenden war es schwer, zwei herauszufinden, die einander in Größe und Farbe glichen. Ich lächelte gezwungen, was bei Miss Parry ein entzücktes Kichern auslöste.

»Hoffentlich können sie darüber mal so richtig lachen«, sagte sie affektiert unter ihrer Brille hervor. »Waisenkinder müssen manchmal ein bißchen lachen dürfen.«

Morag nahm einen der Socken in die Hand und untersuchte ihn. »Wollten die keine Ferse?« fragte sie harmlos.

Es entstand eine kurze beklommene Stille, ehe Miss

Parry die Frage zur Kenntnis nahm, und als sie sprach, klang es schrill, und das lustige Augenzwinkern war erloschen.

»Waisen brauchen keine Ferse«, sagte sie patzig.

Miss Parry war vor ungefähr sechs Monaten ins Dorf Bruach gekommen, eine große, knochige Frau, von der Erchy meinte, sie sähe aus »wie aus Stricknadeln gemacht«, und lebte ein asketisches Leben, das selbst die Bruacher in Erstaunen versetzte. Ihr Cottage hatte nur die traditionellen zwei Räume, eine Küche und ein Schlafzimmer mit einem winzigen Speisekämmerchen dazwischen. Ihre Küche war kahl, möbliert mit zwei Bugholzstühlen, einem Nähtischchen, an dem sie auch aß, und zwei großen schwarzen Kästen. Auf dem einen stand eine kleine Lampe, die kaum mehr Licht verbreitete als eine Kerze. Die Feuerstelle war stets leer, weil Miss Parry »keine Hitze aushielt«, und die einzige Wärme kam von einem kleinen Ölofen, der auch den Teekessel trug. Sie war jedoch so mißtrauisch gegen Ölöfen, daß die Flamme nie weiter gedieh als zu einem schmalen blauen Ring und der Kessel selten mehr zustande brachte als einen melancholischen Seufzer. Es gab weder Vorhänge noch Rollos, doch hielt sie sich Packpapierbögen, die sie mit Reißzwecken nachts vor die Fenster nagelte, oder auch tags, falls die Sonne sich einfallen ließ, zu ihr hereinzuscheinen.

Es war unmöglich aufzuzählen, was sie alles »haßte«, doch gehörten Sonne und Kinder dabei zum Wichtigsten. Sie haßte auch Tiere, weil sie stanken und sie umreißen konnten, sie haßte Blumen, weil sie sie an den Tod erinnerten, sie haßte Vögel, weil sie so laut waren. Und doch war sie trotz all ihrer Aversionen an sich eine lächelnde, sichtlich gutmütige Frau, die keine größere Freude kannte als die, ihren Nachbarn Geschenke zu machen. Nur schade, daß die Nachbarn diese Freude nicht teilten, denn leider waren Miss Parrys Geschenke weder zu benutzen noch zu tragen. Sie strickte Männerpullover, war aber so darauf aus, durch die Schnelligkeit und Sparsamkeit ihrer Stricktechnik zu beeindrucken, daß sie bereits kurz nach dem Taillenbund und wenigen Zentimetern Muster anfing, für Ausschnitt und Armlöcher abzunehmen. Wenn dann die Empfänger die Arme hoben, rutschte der Bund herauf und drohte sie zu erwürgen. Nie habe ich so tiefe Niedergeschlagenheit auf Männergesichtern gesehen, als wenn jemand einen von Miss Parrys handgestrickten Pullovern anprobierte. Doch selbst wenn sie dabei anwesend war, sah Miss Parry keinen Makel an ihrer Arbeit, und ich glaube, es kam ihr nie der Verdacht, daß die Frauen all diese Kleidungsstücke aufribbeln und neu stricken mußten, ehe man sie anziehen konnte.

Je genauer ich sie kennenlernte, desto mehr staunte ich über ihre Art zu leben. Sie ließ nichts umkommen und schien zufrieden, ständig in ihrer trostlosen Küche zu sitzen und sich eine Verwendung für irgendwelche Stoff- und Wollreste auszudenken, von denen sie ungeheure Vorräte zu besitzen schien. Hörte sie, es sei jemand krank, ging sie bald daran, ihm ein untragbares Bettjäckchen oder, falls es ein Mann war, Bettsocken ungefähr von der Größe von Babyschuhchen zu stricken. Beklagte sich jemand in ihrer Hörweite, er könne dies und jenes weder nach Katalog bestellen noch im Laden kaufen, machte sich Miss Parry ans Werk und bastelte einen Ersatz. Einmal hörte sie, daß ich erwähnte, es sei schwer, gut sitzende Büstenhalter zu bekommen, wenn man sich dabei an einen Versandkatalog halten mußte. Binnen Tagen war sie bei mir im Cottage mit einem halben Dutzend speziell für mich entworfenen und angefertigten Büstenhaltern aus Stoffresten ihrer Lumpenkiste. Ich war entsetzt. Einer war aus Tweed, ein anderer aus Schottenstoff, wieder ein anderer aus steifem Kattun. Die übrigen waren aus den verschiedensten trübseligen Baumwollstoffen und bestanden aus zwei großen Dreiecken, die eher Segeln als Wäsche glichen. Die beiden Dreiecke waren durch breites, schwarzes Band verbunden, dessen Enden lang herunterhingen, um das Wäschestück um mich herumzubinden.

»An denen haben Sie länger als an irgendwas Gekauftem«, prophezeite sie fröhlich – und wahrheitsgetreu. Es gelang mir, Anerkennendes darüber zu äußern und mein Lachen zurückzuhalten, bis ich einen dieser »Büstenhalter« im stillen Kämmerlein anprobieren konnte. Selbst wenn ich die Bänder so eng wie möglich band, reichten mir die Schiffssegel bis unter die Achselhöhlen und die Träger fielen mir in Schlingen über den Rücken. Miss Parry hatte mir einmal anvertraut, daß man ihr wegen Krebs beide Brüste wegoperiert hatte, es war vielleicht schon so lange her, daß sie die übliche Stelle für solch weibliches Zubehör vergessen hatte.

Die Bruacher gewöhnten sich daran, Miss Parry als eine hauptberufliche Kranke anzusehen. Sie sah gut aus, rühmte sich aber so vieler Operationen, daß sie ihr Leben in Krankenhäusern verbracht haben mußte. Außer beiden Brüsten hatte man ihr, wie sie mir wiederholt mitteilte, auch die Gebärmutter, die Gallenblase und eine Niere entfernt, und in einem Bahnhofswartesaal hatte man ihr den Blinddarm herausgenommen, weil der Zug, der sie hätte in die Klinik bringen sollen, im Schnee steckengeblieben war; sie litt an erhöhtem Blutdruck und hatte sich verschiedentlich beide Arme und beide Knöchel gebrochen. Im Grunde hatte man den Eindruck, sie sei so oft an der Schwelle des Todes gestanden, daß sie nun ihren Fuß von dieser Schwelle nicht mehr herunternahm. Dabei war sie vergleichsweise kräftig, was ich aus eigener Erfahrung wußte, seit ich ihr einmal auf dem Heimweg zu ihrem Cottage den Arm gereicht hatte. Sie hatte eine rasche, ungeschickte Art zu gehen und stolperte so oft, daß das ständige Zerren an meinem Arm mich erschöpft hatte wie ein harter Arbeitstag.

Das Sonderbarste an Miss Parry aber war die Art, wie sie sich ernährte. Niemand sah sie je kochen oder in ihrem Haus eine Mahlzeit zu sich nehmen, und der Krämer wußte zu berichten, daß sie nicht mehr zum Leben brauche als eine Maus. Als ich sie das erste Mal zum Essen einlud, war es an einem Sonntagabend nach der Kirche. Ich deckte den Tisch mit meinem selbstgebackenen Brot, Butter, einem Käsesoufflé, Scones und Kuchen. Für mich sah alles sehr lecker aus, doch Miss Parry lehnte es ab bis auf eine halbe Scheibe Brot, die sie mich zu rösten bat. Sie war kaum warm, da fand sie sie schon genügend geröstet, und Butter wollte sie auch nicht, Butter »irritiere ihre Eingeweide«. Als ich Tee eingoß, hielt sie mich zurück, ehe die Tasse halb voll war, und bat, sie möge mit kaltem Wasser aufgefüllt werden. Sie nahm weder Zucker noch Milch. Während sie an ihrem bleichen Toast knabberte und ihren schwachen Tee schlürfte, ließ ich mir mein Käsesoufflé schmecken und gab mir Mühe, kein zu schlechtes Gewissen zu haben. Gottesdienste machen mich immer hungrig, und da ich mir mit dem Essen große Mühe gegeben hatte, wollte ich es nicht verkommen lassen.

»Haben Sie auch ganz bestimmt genug?« fragte ich besorgt, als ich glaubte, wir hätten nun lange genug bei Tisch gesessen.

»Übergenug«, erwiderte sie in feiertäglichem Flüsterton. »Mehr esse ich nie.«

Ich überlegte, ob sie wohl noch immer magenleidend sei. Bereitwillig ließ sie mich wissen, sie habe Magengeschwüre.

Während wir das Geschirr wuschen und abtrockneten, erzählte sie mir ihre Lebensgeschichte. Sie hatte schon als kleines Kind die Eltern verloren, sie und ihr jüngerer Bruder waren von den Großeltern aufgezogen worden, so strengen Naturen, daß sie in einem Roman von Cronin hätten vorkommen können. Das Leben war hart gewesen, jede Behaglichkeit Teufelswerk. Jeden Morgen nach einem Frühstück aus Haferbrei und Milch waren Bruder und Schwester, mit einer dicken Scheibe trockenem Brot als »Mittagessen« ausgerüstet, neun Kilometer zur Schule gewandert. Beim Heimkommen hatte man ihnen Arbeit auf der Croft zugewiesen. Es gab keine Nachbarn in der Nähe, keine Freunde durften die Kinder besuchen. Sonnabends wurden sie in einem türenlosen Schuppen neben dem Haus gebadet, und Winter wie Sommer bekamen sie einen Eimer kaltes Wasser übergegossen zur Abhärtung. Anschließend verpaßte ihnen die Großmutter ein Abführmittel, um sie von den Giften der Woche, der Großvater eine Tracht Prügel, um sie von den Sünden der Woche zu reinigen. Sie wurden ohne Licht in dunkle Schlafzimmer hinaufgeschickt, ohne Wärmflaschen, die etwa die klammen Leintücher hätten anwärmen können, obwohl das runde Jahr die Fenster sperrangelweit offen und angenagelt waren. Beim Verlassen der Schule hatte Miss Parry den Beruf einer Lehrerin ergriffen und bis zu ihrer Pensionierung vor fünf Jahren unterrichtet. Sie hatte sich nie mit jemand angefreundet, nie einen Verehrer gehabt oder auch nur die Möglichkeit eines Verehrers erwogen. Die einzigen Höhepunkte in ihrem Leben waren der Kirchgang und die häufigen Klinikaufenthalte gewesen. Ich fragte sie, warum sie ausgerechnet nach Bruach gezogen sei. »Ich habe mich immer nach Abenteuern gesehnt«, war ihre Antwort.

Als mich Miss Parry nun ihrerseits zum Essen einlud, sorgte ich vorher für eine gute Unterlage. Und selbstverständlich mußte ich dann feststellen, daß sie ganz groß aufgetischt hatte. Es gab Dosenfleisch und Dosenkompott und im Laden gekauftes Brot und Mürbegebäck, und der Tee war so stark, daß man auf dem Strahl der Kanne hätte tanzen können. Mir wurde schwach, aber nun mußte ich durchhalten.

»Ich weiß, Sie sind gut bei Appetit«, sagte Miss Parry und zwinkerte mir zu. Sie schob mir alles Brot und Fleisch zu und blieb bei ihrer halben Scheibe Brot.

Beim nächsten Mal sagte der Mann im Kramladen: »Wie ich höre, waren Sie vorige Woche bei Miss Parry zum Essen?«

Ich bejahte die Frage.

»Hab schon gedacht, warum die plötzlich soviel einkauft«, sagte er und sah mich ehrfurchtsvoll an.

Es gab Zeiten, da zerbrach man sich in Bruach den Kopf über Miss Parry. Hatte sie noch lebende Verwandte? Und wenn ja, warum besuchten die sie nie? Daher war jedermann sehr interessiert, als sie verkündete, ihr Bruder und ihre Schwägerin kämen zu Besuch. Sie trafen an einem wunderschönen Augusttag ein, einem Tag mit hohem Himmel, Sonne und einer Brise, weich wie ein Seidenschal, die die Bucht zu schillernden Wellen kräuselte und die Luft mit frischem Heuduft füllte. Ich wurde zum Tee eingeladen, um sie kennenzulernen, und sah bei meinem Eintreffen erstaunt den kleinen Nähtisch und die zwei Holzstühle draußen im verwilderten Garten stehen.

»Wäre doch schade um all den Sonnenschein«, meinte Miss Parrys Schwägerin, als sie geschäftig Teller, Tassen und Untertassen hinaustrug. »Setzen Sie sich«, bat sie. Ihr Ehemann erschien mit einer Holzkiste und einem Schemel. Wir setzten uns in Erwartung von Miss Parry.

»Kommt sie nicht zu uns heraus?« erkundigte ich mich zaghaft und dachte an ihre Entschlossenheit, Sonne auf sich oder im Inneren ihres Hauses zu vermeiden.

»Ich hab ihr gesagt, sie muß. Es wird ihr guttun«, sagte die Schwägerin und rief sie herbei.

Miss Parry kam heraus und bemühte sich vergeblich, ihren Unmut hinter verkniffenem Lächeln zu verbergen. Sie saß stocksteif auf ihrem Stuhl und weigerte sich, auch nur ihren kümmerlichen halben Toast zu essen. Der Bruder und seine Frau waren kaum abgereist, da legte sie sich ins Bett. Die Sonne habe sie krank gemacht, behauptete sie.

Nach dem Besuch der beiden erhielt Miss Parry noch eine Weile Bücherpäckchen von ihrem Bruder, der offenbar über die triste Existenz seiner Schwester bestürzt gewesen war. Sie las sie und gab sie dann an mich weiter, ich solle sie behalten. Sie wolle keine Bücher im Haus haben, das sehe so unordentlich aus. Manchmal äußerte sie sich über deren Inhalt, und als ich einmal in einem Bücherpaket, das sie mir brachte, etwas leicht Schlüpfriges fand, fragte ich sie, ob sie es gelesen habe.

»Ja, ich habe es gelesen«, sagte sie.

»Hat es Ihnen denn gefallen?«

»Einiges schon«, gab sie zu. »Und Ihnen?«

»Mir auch«, bekannte ich, »aber ich bin etwas erstaunt über Sie. Ich hätte gedacht, daß Sie manche Stellen verurteilen.«

»Ach die«, gab sie zurück, »bei denen hab ich einfach die Brille abgenommen.«

Sie führte ihr einsames und fleißiges Leben in Bruach noch fast zwei Jahre lang, ehe wir besorgniserregende Anzeichen sonderbaren Verhaltens an ihr bemerkten. Sie glaubte, anonyme Briefe obszönen Inhalts zu bekommen, konnte aber nie einen Beweis für solche Zuschriften erbringen. Ihr Verdacht konzentrierte sich auf Dodo, ihren unmittelbaren Nachbarn, auf dessen Croft ihr Cottage lag. Ursprünglich hatte Dodos Vergehen darin bestanden, daß er einen der berüchtigten, ihm von Miss Parry verehrten Pullover vor ihr anprobiert und sich unverhohlen über dessen Form lustig gemacht hatte. Von da an lehnte sie es ab, mit ihm zu sprechen, und wann immer sein Name fiel, verdunkelten und verschleierten sich ihre Augen. Sie beschuldigte ihn, nach Einbruch der Dämmerung herumzuschleichen und sonderbare Geräusche von sich zu geben. Die Bruacher glaubten keinen Moment, daß etwas an ihren Klagen stichhaltig sei, obwohl ein, zwei Herzlosere dafür sorgten, daß es nachts tatsächlich zu sonderbaren Geräuschen in der Nähe ihres Häuschens kam. Als nächstes hörten wir, sie beklage sich über Dodos mangelnde Hygiene. Er verbreite entsetzliche Gerüche, behauptete sie und wies darauf hin, daß er zwar alt und rheumatisch sei und nicht ins Moor hinausgehen könne, um sich zu erleichtern, aber trotzdem kein »Häuschen« auf seinem Grundstück habe. Wie also hielt er es damit? Miss Parry war bald davon überzeugt, daß er die unmittelbare Umgebung ihres Hauses dazu benutze, daher der Gestank. Schließlich beschloß Erchy, die Frage Dodo selbst vorzulegen und dem alten Mann Gelegenheit zu geben, sich zu verteidigen. Beim nächsten *ceilidh* berichtete er darüber.

»›Dodo‹, sag ich zu ihm, ›wie schaffst du's bis ins Moor, wo du doch so arg Rheuma hast?‹

›Ich schaff es gar nicht‹, sagt er.

›Aber du hast doch kein Häuschen‹, sag ich, ›wie machst du's denn dann?‹

›Weißt du, Erchy‹, sagt er zu mir, ›du kennst mich doch, du weißt doch, bei mir brennt immer ein gutes Feuer. Wenn ich den Drang spür, breit ich ein Papier auf dem Herd aus, und wenn ich fertig bin, ist alles gleich im Feuer. Kann doch nichts hygienischer sein, oder?‹ fragt er mich.«

Ich war gerade im Krankenhaus, als Miss Parry krank wurde, obwohl sie, ehe man sie fortbrachte, noch Zeit fand, mir ein umfangreiches Gewand zu schicken, das sie als selbstentworfenen Morgenrock bezeichnete. Es war ganz einfach eine Länge sehr breiter Stoff, auf die Hälfte gefaltet, mit oben einem Loch. Die Seitennähte waren offengelassen, um in Taillenhöhe Armlöcher zu bilden. Ich probierte ihn zur Unterhaltung meiner Mitpatienten an und dachte, wie wohl Miss Parrys Augen auf ihr Gelächter reagiert hätten.

Einige Tage nachdem ich wieder daheim war, bekam ich einen Brief von Miss Parrys Bruder, darin stand, seine Frau käme ins Cottage, um die Möbel seiner Schwester zu verteilen, da diese nicht zurückkehren werde. Die Schwägerin suchte mich auf.

»Sie hat gesagt, Sie sollten die Kiste bekommen, die sie bezeichnet hat, und alles, was drin ist«, sagte sie. »Wenn Ihnen sonst etwas gefällt, dann nehmen Sie es um Gottes willen, das spart mir die Mühe, es loszuwerden.«

Gemeinsam untersuchten wir die Kiste mit dem Schildchen: »Für Miss Beckwith.« Wir hoben den Deckel. Sie enthielt:

Eine Rolle Verbandwatte
Eine Rolle Zellstoff
Dutzende von Mullbinden unterschiedlicher Breite
Eine Magenpumpe
Ein Klistier
Eine Bettschüssel
Drei Babyflaschen
Zwei Nierenschalen
Sechs Spannbettücher
Zwei Schnabeltassen.

Auf dem Boden der Kiste fanden wir noch eine Fußluftpumpe. Wir sahen einander stumm und verdutzt an. »Wozu hat sie die denn gebraucht?« fragte die Schwägerin. Und ich dachte: »Wozu hat sie gemeint, daß ich sie brauchen werde?«

Wir nahmen die andere Kiste in Angriff, wobei wir vor dem durchdringenden Kampfergeruch zurückwichen. Nach Abtragen undefinierbarer Stoff- und Wollbündel stießen wir auf eine überdeutlich beschriftete Kleiderschachtel: »Für meine Aufbahrung, wenn ich gestorben bin.« Wieder sahen wir einander an. Die Schwägerin hob behutsam den Deckel. Die darinliegenden Kleidungsstücke waren aus feiner weißer Baumwolle und sorgsam zusammengefaltet, ganz im Inneren befand sich noch ein Päckchen, ein in viele Lagen Seidenpapier verpacktes Gestrick aus weißer Wolle mit dem Schildchen: »Eine Jacke für St. Peter.«

»St. Peter!« ächzte die Schwägerin. »Und dabei war sie ihr Leben lang stramme Presbyterianerin.«

Ich bat, Miss Parry meine Grüße auszurichten und ihr baldige Besserung zu wünschen.

»Es wird vermutlich keine Besserung mehr geben«, gestand sie. »Der Arzt hat es uns gesagt.«

»Die Ärmste«, sagte ich.

»Wenn sie sich doch nur mit dem Krankenhaus abfinden würde, dann hätte sie eine Chance, noch ein bißchen länger zu leben«, sagte sie. »Natürlich«, ergänzte sie, »wenn man sein Leben lang kräftig und gesund war, muß es schrecklich sein, so auf längere Zeit in eine Klinik zu müssen.«

»Aber ich dachte doch, sie wäre schon unzählige Male in Kliniken gewesen«, rief ich.

»Sie doch nicht«, sagte die Schwägerin. »Die Glückliche war ja ihr Leben lang keinen Tag krank.«

Kein gewöhnlicher ...

An Winterabenden fand immer irgendwo in Bruach ein *ceilidh* statt. Er konnte aus zwei Personen bestehen – einem Nachbarn, der kurz bei einem anderen hereinschaute –, aber ein echter *ceilidh* benötigte mindestens zwölf Personen, damit es wahrscheinlicher war, daß ein allzu ernsthaftes Gespräch von einem Lied, ein allzu heftiger Streit von einem Gelächter unterbrochen wurde. In jedem Dorf gibt es besonders beliebte Häuser für ein *ceilidh*, solche, von denen man sagt, »hier ist gut *ceilidh* halten«. Gewöhnlich hatten solche Häuser sich ihren Rang dadurch erworben, daß in ihnen ein guter *seanachaidh*, ein Geschichtenerzähler, wohnte, der durch seine Geschichten die Menschen anlockte. In Bruach war Janets Haus zweifellos das beliebteste. Es wohnte zwar zur Zeit kein *seanachaidh* darin, doch hatte einmal ein Onkel von ihr, der allgemein als großartiger Erzähler galt, darin gelebt, als Janets Haus noch eins der »schwarzen Häuser« gewesen war, wie man sie auf den Hebriden nennt, wo das Feuer mitten im Raum auf dem Lehmboden aufgeschichtet wird und unter dem Loch im Strohdach ein Faß hängt, das den trägen Rauch schneller abziehen läßt. Die Crofter waren damals regelmäßig zum *ceilidh* gekommen, um den Alten zu hören, und obwohl er seit vierzig Jahren tot war und Janet nun in einem wesentlich zivilisierteren Haus mit Wellblechdach, linoleumbelegten Böden und einem glänzenden Herd lebte, aus dem der Rauch rasch durch einen herkömmlichen Schornstein abzog, hielt sich die Aura des *Ceilidh*-Hauses und seines *seanachaidh* immer noch. Es gab Männer im Dorf, für die der Abend nicht komplett war, wenn sie nicht mindestens zwanzig Minuten an Janets Herd verbracht hatten. Dort saßen sie, borgten sich ihres Bruders Brille, um seine Zeitung zu lesen und anschließend seine Croft und sein Vieh zu kritisieren, über sein Ungeschick mit dem Gewehr zu spotten und ihm sein Recht auf ein besonders begehrtes Stück Treibholz streitig zu machen, während sie sich die ganze Zeit aus seinem Glas Backpulver bedienten, um ihren Verdauungsbeschwerden abzuhelfen.

Wo auch immer man sicher sein konnte, zwei oder drei Leute versammelt zu finden, fühlten die übrigen Bruacher den Drang, sich dazuzugesellen, und so durfte man erwarten, eine große, animierte Gesellschaft in Janets von einer Lampe erleuchteter, holzvertäfelter Küche vorzufinden.

Es herrschte die schweigende Übereinkunft, daß ein *ceilidh* erst begann, wenn die Abendarbeit erledigt war, so daß die ersten Besucher erst gegen sieben Uhr auftauchten. Von da an diente das Stampfen von gummibestiefelten Füßen auf der Veranda nicht nur zur Ankündigung von Neuankömmlingen, sondern auch zur Reduzierung der Lehmmenge, die sonst in die Küche getragen worden wäre. Bis auf die Touristen im Sommer dachte kein Bruacher je daran, an eine Tür zu klopfen. War an Winterabenden ein Klopfen zu hören, hätte man es unbeachtet gelassen, der Meinung, einer der Dorfjungen spiele einen Streich. Außer an Halloween war das zwar selten, aber der Gedanke, es könne ein Fremder klopfen, wäre niemandem gekommen, denn Fremde an einem Winterabend waren noch seltener.

Bei Janet gehörten *ceilidhs* so sehr zum normalen Alltag, daß kein Bruacher nach dem ersten Gerumpel »hereingebeten« worden wäre. Sie öffneten die Tür, leise, wenn sie zur Schüchternheit neigten, warfen rasch einen Blick in die Runde, wer schon alles da war, und ließen sich auf den nächsten vorhandenen Platz gleiten, ob es nun ein Sitz auf der Holzbank oder eine freie Stelle auf dem Fußboden war. Nur einem Außenseiter wie mir wurde ein Willkommensgruß zuteil, doch durch eben diese Formlosigkeit waren die Crofter unmittelbar in die

Versammlung integriert, umfangen von der Atmosphäre der Gastlichkeit und Freundschaft.

Die echten, spontanen Highland-*ceilidhs* sind eine wunderbare Einrichtung, das unvergleichliche Gegenmittel gegen Vereinsamung. Keiner ist je unwillkommen, alt und jung dürfen nach Belieben kommen und gehen. Man kann zur Diskussion beitragen oder auch schweigend dabeisitzen und zuhören; man kann eine zündende Frage aufwerfen und sich dann zurücklehnen und die temperamentvolleren Verfechter sie zum zornigen, häufiger aber amüsanten Abschluß bringen lassen; man kann ein Liedbruchstück summen und dadurch nach nur ein paar Takten einen volltönenden Chorgesang auslösen; man kann behaupten, ein Gespenst gesehen zu haben (ein »winzig' Männlein« wird allgemein lieber gehört), und dadurch sofort Auge und Ohr der ganzen Gesellschaft fesseln, die gierig darauf wartet, nicht nur die Geschichte zu hören, sondern sich auch dabei tüchtig zu gruseln.

Die *ceilidhs* unterschieden sich nach den Gästen, den Nachrichten oder dem Wetter. Überwogen die alten Männer, dominierten fast immer Erinnerungen die abendliche Unterhaltung, waren Hector und Erchy dabei, drehten sich die Gespräche unweigerlich um Meer und Schiffe, und der kriegerische Tearlaich – Morag beschrieb ihn als »der, der in einem leeren Haus einen Streit anfangen würde« – brauchte nur seine breiten, krummen Schultern halb durch die Tür zu schieben, da hatte er schon alle zu einer Auseinandersetzung provoziert. Tearlaichs Fähigkeit, einen Streit vom Zaun zu brechen, war beeindruckend. Die Bruacher erzählten in entrüstetem Ton, wie er und sein Kumpel einmal Touristen im Boot auf eine der äußeren Inseln gefahren hatten. Als man zurückkehren wollte, war ein hitziger Disput zwischen den beiden ausgebrochen. Das Boot schwankte und kreiselte, weil der Disput immer vehementer wurde, die Fahrgäste saßen erschreckt da, verstummten und verstanden kein Wort der knatternden gälischen Schmähreden. Plötzlich war ein Mann, der ursprünglich nicht zur Gruppe gehörte, über die Felsen zum Boot herabgeklettert gekommen und rief den Männern zu, ihm an Bord zu helfen. Doch die beschimpften sich weiter und überließen es ihm, sich an Bord zu bemühen. Kaum hatte er einen Fuß an Deck gesetzt, legte er sich hin. Erst Minuten später gelang es einem Touristen, die Stimme so zu erheben, daß er die Kampfhähne zum Schweigen brachte. »Ja, merken Sie denn nicht, daß Sie eine Leiche an Bord haben?« schrie er sie an, und als die beiden endlich aufmerkten, zeigte er auf die liegende Gestalt. Der Mann war zweifellos tot.

Wenn ich mich entschloß, zu einem *ceilidh* zu gehen, hoffte ich immer, dort ganz bestimmten Leuten zu begegnen, wobei einer meiner Lieblinge Fiona war. Fiona war eine freundliche alte Haut von knolliger Gestalt, schmuddelig angezogen, muffig riechend. Ich hielt mich immer in einiger Entfernung, genoß aber ihre Gesellschaft, wie man die Anwesenheit eines Komposthaufens hinten im Garten zu schätzen weiß, man bedauert zwar, wie er aussieht und riecht, ist aber dankbar für die inneren Werte, die in seiner Tiefe arbeiten. Hätte man sie gelassen, Fiona hätte sich die Sorgen und Mühen des ganzen Dorfes aufgeladen. Sie war zur Hand, wenn jemand vorübergehend eine Pflegerin für einen alten Verwandten oder eine kranke Kuh benötigte, sie war zur Stelle, wenn ein Schaf geschlachtet wurde, und half bei der Herstellung von Haggis oder Schwarzpudding, sie wusch einen Toten oder rupfte ein Huhn, und wenn jemand das Brot ausging, gab sie ihm in ihrer Gutmütigkeit ihren letzten halben Laib. Ich habe sie sogar ein Bonbon aus dem Mund nehmen und einem Kind geben sehen. Obwohl sie die Insel nie verlassen hatte, war Fiona keineswegs ohne Raffinesse, wohl aber verwirrten sie die modernen Errungenschaften, die von den meisten Bruachern inzwischen akzeptiert waren. Sie hätte beispielsweise nie ein Telefon benutzt, und fließendes Wasser aus dem Hahn war für sie, wenn sie Gelegenheit hatte, so etwas zu sehen, noch immer eine Quelle freudigen Staunens. Ein Fotoapparat war ihr eine unerklärliche Maschine und eine Fotografie etwas, über das man nicht nur des abgebildeten Gegenstandes wegen jubeln mußte. Eines Abends war sie bei mir gewesen, als ich farbige Dias zeigte, von denen ich die meisten im Dorf und in seiner Umgebung aufgenommen hatte. Fiona hatte mäuschenstill gesessen, bis ich ein Dia in den Projektor steckte: Es zeigte das Cottage, in dem Angus der Fischer mit seiner Mutter wohnte. Es war eine sehr scharfe Aufnahme, auf der deutlich das Teergetröpfel oberhalb des einen Fensters und die unangezündete Lampe auf der Innenseite des Fensterbretts zu erkennen waren. Um die weit offene Tür stand erwartungsvoll ein Völkchen Hühner, anscheinend voller Vorfreude auf Futter, und man erwartete förmlich Angus' Mutter mit einer Kleieschüssel auftauchen zu sehen. Beim beifälligen Erkennungsgemurmel sprang Fiona plötzlich auf.

»Ich muß weg und diese Tür zumachen«, erklärte sie. »Angus ist seit heute früh auf See, und seine Mutter ist in Glasgow. Die Hühner werden alles auffressen, was im Haus zu finden ist, wenn ich sie nicht zumach.«

Die Anwesenheit Fionas bei einem *ceilidh* löste unweigerlich Gespräche aus, die sich um Übernatürliches drehten. Sie war ganz versessen auf Legenden und Gespenstergeschichten. Wurde etwas von einem ungewöhnlichen Ereignis geraunt, schon unterlegte ihm Fiona magische Zusammenhänge und begann einen ihrer unzähligen Berichte über rätselhafte Prophezeiungen und noch rätselhaftere Vorfälle. War sie damit zu Ende, ermahnte sie andere, Geschichten beizutragen, und so ging es für den Rest des Abends weiter. Kein Zweifel, die Berichte über Unerklärliches wurden von den Bruachern als Tatsachen akzeptiert. Sogar mir fiel es schwer, skeptisch zu bleiben, wenn ich mir solch eindeutige Berichte in einer Atmosphäre von Torfrauch und Schummerlicht anhörte, etwa die der alten Männer, die immer mit den Worten begannen: »Ich weiß noch, wie ich klein war und mir mein

Großvater erzählt hat ...«, oder die selbsterlebten Begegnungen mit Gespenstern oder Elfen, die von vor dreißig Jahren, aber auch von voriger Woche stammen konnten. Man mußte schon Zyniker sein, um die überzeugend vorgetragenen Geschichten nicht vorbehaltlos zu akzeptieren. Und Zyniker zu sein war nicht leicht, wenn man nach einem Abend gemütlicher Unerklärlichkeiten über einsame Moore heimging, wo der Wind gespenstisch durch die Senken jaulte, heimtückische Schatten einem beharrlich auf den Fersen blieben und einem eine plötzliche, unerklärliche Kälte über die Schultern hauchte. Selbst bei Tageslicht gab es in den Mooren so bedrückende Stellen, daß man dort nicht gern allein war und im Dunklen kaum in die Richtung zu schauen wagte.

In einer klaren, schönen Oktobernacht saß ich in meiner Küche und kroch mit dem Ohr fast in den altersschwachen Radioapparat, um wichtige Hinweise in einem ungeheuer spannenden Krimi nicht zu verpassen. Als die Lösung unmittelbar bevorstand, stieß der Apparat einen Jammerlaut aus und verschied. Ich fluchte, ich drehte an seinen Knöpfen, ich schüttelte ihn und bekam nicht einmal ein atmosphärisches Krächzen zur Antwort. Entrüstet wandte ich mich ab und hörte im gleichen Augenblick den Wind im Kamin grollen und sah, wie die Küche sich mit Rauch füllte. Sämtliche Kamine in Bruach litten hin und wieder unter herabdrückenden Windstößen, doch zum Glück war es nicht immer die gleiche Windrichtung, die den Kaminen zusetzte. Ich wußte, daß Janets Schornstein sich niemals gleichzeitig mit dem meinen unartig aufführte, beschloß daher, mich zum unvermeidlichen *ceilidh* an ihrem Feuer zu begeben. Ich zog einen Mantel über, hielt ihn mit der Linken zu und trug dabei die Rechte in der Schlinge, weil ich vor zwei Wochen daraufgefallen war. Als ich die Tür zu Janets Küche öffnete, sah sie erstaunt auf, dann verzog sich ihr Gesicht zu einem strahlenden Lächeln, und sie nötigte jemanden, für mich näher am Feuer Platz zu machen. In diesem

Punkt würde ich wohl immer eine Fremde in Bruach bleiben.

»Und wie geht's dem armen, lieben Handgelenk, Miss Peckwitt?« Es war Fionas besorgte Stimme, und ich wandte mich ihr erfreut zu. Alles Kränkelnde war bei Fiona stets »arm und lieb«. So hörte man sie manchmal sagen: »Dieser arme, liebe Mensch ist nun dahingeschieden«, und ein anderes Mal klagte sie: »Der arme, liebe Autobus hat ein Loch im Reifen.«

Ich erklärte ihr, daß mein Handgelenk anscheinend nicht so recht heilen wollte und immer noch weh tat.

»Ich sag ja, es würd mich nicht wundern, wenn's gebrochen wäre«, wußte Erchy zur allgemeinen Teilnahme beizusteuern.

»Ich hab das auch schon gedacht«, gestand ich, »aber der Arzt hat geröntgt und war ganz überzeugt, daß nichts gebrochen ist.«

»Ach der, der durchleuchtet womöglich alles durch den Boden von 'ner Whiskyflasche«, wußte Morag anzumerken und sah sich unter den Versammelten bestätigungsheischend um.

»Das mit dem Durchleuchten ist wirklich wunderbar«, meinte Fiona. »Es heißt, daß man dabei ganz durch die Knochen schaun kann.«

»Aye«, bestätigte jemand, »mit den Erfindungen sind sie heutzutage wirklich gescheit.«

»Aber nicht so gescheit wie früher«, widersprach Fiona. »Da hat's Leute gegeben, die konnten durch die Jahre schauen, ganz ohne Maschinen, und haben uns erzählt, was kommt. Durch die Knochen schaun muß doch viel leichter sein, denk ich mir.«

»Dabei fällt mir ein«, begann ich, »hat hier herum jemand mal einen zahmen Raben gehabt oder gehört, daß ein Rabe sich irgendwo sonderbar aufgeführt hat?«

Aller Augen waren jetzt auf mich gerichtet. »Nein, wie kommen Sie darauf?« wurde gefragt, und ich erzählte, daß ich am Nachmittag einen langen Spaziergang über das Moor gemacht hatte und mir in einem bestimmten Tal plötzlich ein Rabe aufgefallen war, der immer wieder wenige Meter vor mir landete, sich dann erhob und über meinem Kopf kreiste. Jedesmal wenn er sich setzte, hatte er mich so vertraulich angekrächzt, daß ich glaubte, er müsse irgendwann einmal zahm gewesen sein. Ich versuchte eine Antwort zu krächzen. Als ich dann fand, ich sei weit genug gewandert, wollte ich umkehren, doch da wurde der Rabe ganz aufgeregt, flog mir mehrfach am Gesicht vorbei, als wolle er mich zum Weitergehen drängen. Ornithologie ist eines meiner Hobbys, und das Betragen des Vogels machte mich neugierig. Ich kehrte um und ging tatsächlich weiter. Wieder führte sich der Rabe auf wie vorher, ließ sich wenige Schritte vor mir nieder und krächzte. Er war so beharrlich, als wünsche er, ich solle ihm folgen. Das tat ich auch – ungefähr eine Viertelstunde lang. Dann gewann die Müdigkeit die Oberhand über meine Neugier. Der Vogel schien mich endlos weiterzulocken, und die viele Arbeit zu Hause fiel mir ein: Ich gab die Verfolgung auf und machte mich auf den Heimweg. Der Rabe flog mir noch ein paarmal über den Weg, als wolle er mich davon abbringen, aber ich kümmerte mich nicht darum und ging stetig weiter. Nach einem Weilchen setzte er sich auf einen Felsvorsprung, krächzte noch ein paarmal und sah mir nach, bis ich über die Hügelkuppe war.

Seltsam, in der stillen Talsenke hatte ich das Verhalten des Vogels interessant, fast liebenswert gefunden, doch als ich die Hügelkuppe erreichte und die vertrauten Häuser und Crofts liegen sah, empfand ich es als ein bißchen unheimlich und malte mir schon aus, wie man bei künftigen *ceilidhs* darüber urteilen würde. Die naheliegendste Erklärung war, daß er einmal zahm gewesen und dann entflogen oder freigelassen worden war. Doch weder in Bruach noch sonstwo auf der Insel wußte man etwas von einem zahmen Raben.

»Sie hätten ihm folgen sollen«, äußerte sich Johnny. »Er hätt Sie vielleicht zu einem Schatz geführt. Manche solchen Viecher wissen, heißt's, wo es einen Schatz gibt, und wenn sie einen mögen, führn sie einen hin.«

»Sie war, glaub ich, gescheit, daß sie nicht weiter mitgegangen ist.« Anna Vic schauderte und setzte sich in ihrem Stuhl zurecht.

»Und was sonst war der Grund, meinen Sie?« fragte Erchy.

Ich zuckte die Achseln. »Mir fällt nichts ein, wenn er nicht ein verletztes Weibchen oder so etwas hatte. Wäre Frühling gewesen, hätte ich geglaubt, er will mich vom Nest oder von seinen Jungen weglocken, aber um diese Jahreszeit ist das wenig wahrscheinlich.«

Tiefsinnig sagte Fiona: »Ich glaub, das war kein gewöhnlicher Rabe.«

Sie hatte kaum ausgesprochen, da lud sich die Stimmung des *ceilidh* mit Spannung auf. Jeder wartete voller Vorfreude auf das, was, wie ich sehr wohl wußte, nun folgen würde. Wie oft hatte ich eine volltönende Highlandstimme eine Geschichte mit einem behutsam artikulierten »Das war kein gewöhnlicher ...« beginnen hören. Damit war gemeint, daß ein Tier in Wahrheit eine Hexe war, die nur vorübergehend und zu einem bestimmten Zweck diese Gestalt angenommen hatte.

»Folgen Sie dem Vogel nie, wenn Sie ihn wiedersehn«, schärfte Fiona mir ein.

»Aber wo doch Johnny meint, er hätte mich möglicherweise zu einem Schatz geführt«, wandte ich ein und versuchte durch Schnoddrigkeit die feierliche Stimmung der Versammelten zu sprengen.

»Johnny weiß ganz genau, daß er Sie nicht zu 'nem Schatz geführt hätte, sondern zu einem Ort ...« Sie blickte auf, spürte meine Skepsis und schloß verlegen: »... zu einem Ort, den Sie lieber nicht sehen wollten.«

»Und was Ihnen da passiert wär, weiß der liebe Gott allein«, verstärkte Anna Vic prompt Fionas Warnung.

»Es gibt Leute, die waren nie wieder dieselben, nachdem sie irgendwo einem sonderbaren Vieh gefolgt sind.«

»Aye, aye«, murmelte es ringsum. Ich kannte bereits die Geschichte von den Männern, die mit den Elfen gespielt hatten, und deren späterem Schicksal. Ebenso wußte ich von dem glücklichen Entkommen von Erchys Onkel, der einmal so töricht gewesen war und einem Otter folgte, der »kein gewöhnlicher« war. Es gab viele solche Geschichten, und fast jeder in Bruach schien einen Verwandten zu kennen, der in so ein geheimnisvolles Abenteuer verstrickt gewesen war.

»Was Ihnen passiert wäre, könn' wir nur raten«, nahm Fiona den Faden zuversichtlich wieder auf. »Haben Sie schon von dem Mann gehört, Miss Peckwitt, der eines Nachts beim Heimreiten auf seine Croft der Katze begegnet ist?«

»Nein«, log ich. Ich hatte die Geschichte mehr als einmal gehört, aber bis jetzt noch nicht von Fiona, und die Erfahrung hatte mich gelehrt, daß die Geschichte je nach Erzähler differierte.

»Die sollten Sie aber kennen.« Fionas graue Augen starrten ins Feuer, und die Flächen ihrer arbeitsrauhen Hände strichen unaufhörlich auf ihrem Rock auf und ab, als sie die Geschichte des Mädchens aus dem Dorf erzählte, das von seinem Liebhaber verlassen wurde, weil man ihm bewiesen hatte, daß des Mädchens Mutter zweifellos eine Hexe war und das Mädchen selbst mit Sicherheit auch Hexe werden würde. Einige Wochen nachdem er es verlassen hatte, ritt der Liebhaber abends vor Einbruch der Dunkelheit nach Hause, als er beim Näherkommen an einen schmalen, felsigen Bergsattel eine große schwarze Katze vor seinem Pferd herlaufen sah. Er versuchte das Pferd fortzulenken, aber das Tier gehorchte dem Zügel nicht und strebte weiter dem Paß zu. Hier wandte sich die Katze plötzlich um und sprang das Pferd an, das derart erschrak, daß es seinen Reiter fast abwarf. Er schlug mit der Peitsche nach der Katze, doch sie wich geschickt aus. In der Nacht darauf geschah an der gleichen Stelle das gleiche, doch diesmal gelang es der Katze, dem Pferd den Hals zu zerkratzen. Der Mann war ganz sicher, daß diesmal seine Peitsche ihr Ziel nicht verfehlte, aber die Katze gab keinen Schmerzenslaut von sich, und er dachte, er hätte wieder nicht richtig getroffen. Diese Zwischenfälle verstörten ihn so sehr, daß er mit seiner Geschichte zum örtlichen Seher gegangen war, dem siebenten Sohn eines siebenten Sohnes, der besondere Kräfte besaß. Der Seher erriet sofort, daß die Katze »keine gewöhnliche« Katze sei, sondern in Wirklichkeit die verlassene Liebste, die sich als Tochter einer Hexe in dieser Verkleidung an ihrem einstigen Liebhaber hatte rächen wollen. »Erst hat sie dein Pferd verlockt und erschreckt, dann hat sie dein Pferd zerkratzt, das dritte Mal wird sie versuchen, dich selber zu verletzen.« Der Seher riet dem Mann, eine Waffe mitzunehmen, wenn er abends heimritt, und sie mit einer silbernen Kugel zu laden, denn nur Silber war gegen Hexen wirksam. Weiter warnte er ihn, keinen tödlichen Schuß abzugeben, nur einen, der verwundete, und gleich nach dem Abfeuern zum Haus des Doktors zu galoppieren und ihm zu erzählen, was sich abgespielt hatte. Der Mann versprach es, und ehe er wieder riskierte, im Dunklen heimzureiten, machte er sich aus einem Sixpencestück eine Kugel und lud sie in seine Waffe. An der Stelle, wo die Katze beim vorigen Mal angegriffen hatte, hielt er sie bereit. Die Katze war tatsächlich wieder da, und diesmal sprang sie den Mann selbst an und schlug ihm die Krallen tief ins Fleisch. Er feuerte und sah, daß er sie am rechten Hinterbein erwischt hatte. Er gab seinem Pferd die Sporen und jagte zum Doktorhaus. Der Arzt, der natürlich aus einer hiesigen Croft stammte, hörte sich die Geschichte aufmerksam an und beschloß, gemeinsam mit dem Ortspolizisten das Haus der Hexe aufzusuchen. Der Polizist klopfte mehrmals an die Tür und verlangte Einlaß, ehe die Alte den Riegel zurückschob und ihm öffnete.

»Wir haben etwas mit deiner Tochter zu bereden«, sagte er.

»Meine Tochter ist nicht wohl«, erwiderte die Alte, »sie liegt im Bett.«

Da trat der Doktor vor. »Wenn sie nicht wohl ist, muß ich sie kurieren«, sagte er energisch und drängte sich ins Zimmer an das Alkovenbett, wo er tatsächlich die ehemalige Liebste fand. Als er die Bettdecke zurückschlug, um das Mädchen zu untersuchen, sah er die Wunde – kreisrund wie von einer Kugel – an ihrem rechten Schenkel.

Als Fiona mit ihrer Erzählung am Ende war, herrschte sekundenlang tiefe Stille, ehe das Füßeschuffeln, das Geschnupfe und Gespucke und Stellungwechseln wieder einsetzte. Janet warf ein paar Torfstücke aufs Feuer und drehte die Lampe kleiner, die angefangen hatte zu qualmen.

»Es war schon sonderbar, wie diese alte Hexe es schaffte«, meinte Hamish nachdenklich. »Ich weiß noch, daß mein Großvater der einzige hier war, den sie nicht hat behexen können.« Er sah sich um, ob jemand widersprach. »Das hat sie selber zugegeben«, setzte er hinzu.

»Aye, stimmt genau. Dein Großvater hat nie Angst vor der Frau gehabt, das weiß ich noch«, bestätigte der alte Roddy, »hab aber nie begriffen, wieso.«

»Ich weiß es«, sagte Hamish geheimnisvoll.

Alles blickte auf ihn. »Im Ernst?«

»Aye, er hat es meinem Vater gesagt, und mein Vater hat es mir gesagt, wie er's geschafft hat.« Er angelte in seiner Tasche nach einer Zigarette, zündete sie an, tat einen langen Zug, drückte sie dann aus und steckte sie wieder in die Packung zurück. Dem Krämer waren die Zigaretten ausgegangen, alle mußten sparen. Die völlige Stille und Aufmerksamkeit ermutigten ihn, mit seiner Erzählung fortzufahren.

»Es war so«, begann er. »Jeden Morgen hat mein Großvater der Familie aus der Bibel vorgelesen und der Kuh Heu gegeben, eh er sich die Stiefel zuschnürte. Eh er das beides nicht getan hatte, hat er die Schnürsenkel nicht hochgezogen und die Knoten nicht gemacht. Am Abend war's umgekehrt: Erst versorgte er die Kuh und las aus der Bibel, eh er die Stiefel aufschnürte. Er vergaß nie, es so zu machen, und hat's keiner Menschenseele je anvertraut, daß er sich damit gegen den Hexenzauber geschützt hat. Erst wie sie tot war, hat er's meinem Vater erzählt. Aber gewußt hat sie's. Er ist echt erschrocken, wie sie eines Tages zu ihm gesagt hat: ›Eines schönen Tages, Hamish Mor, wirst du vergessen, deine Stiefel zu schnüren, und dann kommt meine Stunde.‹«

»Aber wenn er nie jemand davon erzählt hat, woher wußte die Hexe es dann?« fragte Janet.

Hamish wandte sich zu ihr um. »Das ist es ja. Woher hätte sie's wissen sollen, wenn sie keine Hexe war und versucht hatte, ihm Schaden zu tun?«

»War sie mal bei ihm im Haus?«

»Bestimmt nicht«, erklang es im Chor von den Älteren, die sich an Hamishs Großvater noch erinnerten. »Dein Großvater hätte eher den Teufel in Person hereingelassen als eine Frau.«

»Sie war eine echte Hexe«, behauptete Hamish.

»Verdammt ja, das war sie«, bekräftigte Erchy.

Bei einem anderen in Janets Haus abgehaltenen *ceilidh* hörte ich Fiona noch einmal die Geschichte von der Katze und der Hexe erzählen. Diesmal fand das *ceilidh* zu Ehren eines Gastes von Janet statt, der Inselgeschichten sammelte. Es war ein ernsthafter junger Mann mit Brille, von der Morag sagte, sie sei »wie das Untere von Glasflaschen«, und er saß mit übereinandergeschlagenen Beinen und einem Schreibblock auf den mageren Knien dabei. Ich weiß nicht, ob er so vertieft in die gehörten Geschichten war und den Block darüber vergaß, oder ob er ihn nur mitgebracht hatte, um den Zuschauern zu imponieren, jedenfalls sah ich ihn während des ganzen Abends nicht ein einziges Mal etwas notieren.

Als Fiona fertigerzählt hatte, fragte der junge Mann: »Es kann doch bestimmt kein Polizist gewesen sein, zu dem sie gegangen sind. Schließlich gab es damals noch keine Polizisten.«

»Zu meiner Zeit und noch weiter zurück ganz bestimmt«, widersprach der alte Roddy entrüstet.

»Ja, aber diese Geschichte muß doch weit länger her sein als Sie und Ihre unmittelbaren Vorfahren!«

»Bestimmt nicht«, argumentierte Roddy. »Wie kann das sein, wo doch die Hexe heut noch lebt.«

Der junge Mann konnte seinen Block gerade noch auffangen, als er ihm vom Knie rutschte. »Heute noch lebt?« wiederholte er.

»Aye.« Roddy blieb fest. »Sie müssen bedenken, es ist nicht die alte Mutter, es ist die Tochter, die ist gesund und munter, aber ich glaub, schon fast neunzig.«

Der junge Mann hatte einen stark vorstehenden Adamsapfel, und der wanderte mehrfach auf und ab, ehe er wieder sprach.

»Wo wohnt sie denn?« fragte er schwach.

Roddy sagte es ihm. »Sie ist seitdem immer am Stock gegangen«, erinnerte sich Roddy, »seit ihrem Unfall mit dem Bein«, fuhr er fort, »und sie tut auch nicht mehr so, als ob sie eine Hexe ist, aber sie lebt noch, so wahr ich hier sitze.«

»Und sie hat immer noch die Wunde im rechten Schenkel, so deutlich wie nur was«, warf Hamish ein.

Der junge Mann sah nicht mehr ungläubig aus, sondern begierig.

»Könnte ich sie wohl sehen?« fragte er.

»Aber sicher«, sagte man ihm.

Am nächsten Tag nahm der junge Mann Abschied von Janet und setzte seine Reise fort. Der Busfahrer wußte zu berichten, daß er weitere Fragen über die Hexe gestellt und die Absicht geäußert habe, sich in der Nähe ihrer Croft aufzuhalten. Der Busfahrer hatte ihm vorgeschlagen, der Alten doch einen Besuch zu machen. Sie sei, versicherte er dem jungen Mann, jetzt ganz harmlos und gebe freiwillig zu, Hexe gewesen zu sein.

Als letztes hörten wir von dem jungen Mann, er sei im Krankenhaus. Er sei irgendwo, unweit der Croft der Hexe, so hieß es, hingefallen und habe sich die Schulter verletzt.

Unwillkürlich frage ich mich, ob diese Verletzung vielleicht das Ergebnis dessen war, daß er eine unbekannte Frau gebeten hatte, ihm ihren rechten Schenkel zu zeigen.

Eine andere faszinierende Geschichte, die ich auf einem *ceilidh* hörte, ist erzählenswert, weil ich gewissermaßen mit den Folgeerscheinungen zu tun bekam. In einer alten Jagdhütte in einem kleinen Talkessel, ein paar Meilen von Bruach, gab es ein Schlafzimmer, in dem es angeblich spukte. In dieser Jagdhütte übernachteten die Flußwächter während der dreimonatigen Fangzeit der Lachse, für den Rest des Jahres stand sie leer und verlassen. Obwohl es anscheinend nur das Schlafzimmer war, in dem ein recht geräuschvolles Gespenst spukte, mieden die Flußwächter alle Räume bis auf die Küche, in der sie sich vor einem hellen Feuer gemeinsam zum Schlafen niederlegten. Nur ein einziger Mann aus Bruach hatte je den Mut gehabt, im Spukzimmer zu übernachten, das war der alte Finlay, der die Geschichte selbst erzählte.

»Die haben gemeint, ich würd's nie tun«, berichtete er. »Aber ich wußte, solang ich meine Bibel bei mir hab, würd mir nichts passieren.« Finlay war ein überaus frommer Mann. »Ich hab mich ins Bett gelegt und aus der Heiligen Schrift gelesen und hab drauf geachtet, daß sie sofort zur Hand ist, wenn ich aufwach. Ich muß dann bis ungefähr zwei in der Früh geschlafen haben, da wach ich im Dunklen auf und weiß, daß die Tür gegangen ist. ›Bist du's, Neilac?‹ ruf ich, weil ich denk, er hat Wilderer gesehn und braucht Hilfe. Keine Antwort. Und dann fühl ich was Schweres auf meinen Füßen, was mich niederdrückt. Ich spür, daß es was Böses ist an der Art, wie's näherkommt, und ich schnauf vor Angst. Dann fällt mir meine Bibel ein, und ich nehm sie zur Hand und halt sie dicht vor mich. Und da fängt das Schwere wieder an, sich nach unten zu verziehn. Runter und vom Bett weg und aus'm Zimmer, bis die Tür wieder zugeht.«

»Und du bist in dem Zimmer geblieben?« fragte Anna Vic mit gedämpfter Stimme.

»Aye, und hab bis in den Morgen geschlafen.«

»Ich wär sofort aus'm Bett und aus'm Zimmer und runter in die Küche«, sagte Hamish lachend.

Finlay nickte beipflichtend. »Aye, aber du hast auch nicht meinen Glauben«, sagte er. »Ich hab gewußt, solang ich die Bibel festhalt, wird das Ding – was immer es war – in Schach gehalten. Und das wurde es auch, das ist alles.«

»Würdst du dich je wieder in dem Zimmer schlafen legen«, fragte Erchy.

»Nein, würd ich nicht«, erwiderte Finlay.

Ein, zwei Jahre nach Finlays Tod hörten wir, daß die Jagdhütte an eine Touristengruppe vermietet worden sei. Hector brachte sie mit, samt ihrem Gepäck, in seinem Boot. Man erwartete von ihm, daß er danach von all ihren verschrobenen Einfällen berichtete. Am nächsten Morgen ganz früh begegnete ich Erchy und Hector am Ufer, wie sie ihr Boot auf den Strand zogen.

»Na, eine frühe Fahrt?« erkundigte ich mich.

»Den Doktor geholt«, gab Hector Auskunft.

»Ein Unfall?« Wir waren daran gewöhnt, daß Kletterer in den Hügeln abstürzten.

»Nein, nein, es war in der Hütte.« Hector schien schlechter Laune, zweifellos weil den Arzt zu holen als Barmherzigkeitstat angesehen wurde, und er hatte lukrative Aufgaben lieber. Erchy übernahm die Erklärung.

»Es war ein Mann aus der Touristengruppe, die Hector erst gestern rübergefahrn hat. Einer von den Männern hat 'n Herzanfall.«

»Ist es schlimm?«

»Ziemlich schlimm, sagt der Doktor.«

»Wie töricht doch manche Leute sind«, sagte ich, »an abgelegene Orte zu fahren, wenn sie wissen, daß ihr Herz nicht in Ordnung ist.«

»Das hab ich dem Doktor auch gesagt«, meinte Erchy. »Der hat gemeint, er hätt kein Anzeichen von Herzleiden. Der Mensch war hundertprozent in Ordnung.« An der Art, wie er mich ansah, merkte ich, daß das eine besondere Bedeutung hatte, und Finlays Geschichte fiel mir ein.

»Aye«, sagte Erchy, als er mein Gesicht sah. »Genau das hab ich auch gedacht, deswegen hab ich den Doktor gefragt. Es war so. Der Mann hat im Spukzimmer geschlafen, und es war kurz nach zwei Uhr früh, als die andern ein Geräusch hörten und dachten, sie schaun lieber mal nach, ob auch alles in Ordnung ist.«

Der stille Novemberabend wurde vom Posaunenton des Dampfers zerrissen. Ich zog hastig die Vorhänge auf und stellte eine Lampe ins Fenster, um der Besatzung zu zeigen, daß jemand sie gleich empfangen würde. Während ich in die Gummistiefel fuhr, forschte ich in der Dunkelheit nach Backbord-, Steuerbord- und Mastlichtern, die bald aus der Sternennacht auftauchen würden. Der Dampfer kam laut Fahrplan alle sechs Wochen und brachte uns Ware aus Glasgow, doch die Umstände machten seine Besuche unregelmäßig. Manchmal verspätete er sich tagelang in anderen Häfen, der Kapitän konnte durch Wetterbedingungen von der stets unwirtlichen Küste Bruachs abgehalten werden, wir aber mußten, wenn der Dampfer fällig war, ständig auf der Hut sein. Sobald wir die Sirene hörten, mußten wir unsere Bereitschaft irgendwie signalisieren, sonst steuerte der Kapitän ohne Aufenthalt wieder hinaus aufs Meer und wir mußten unsere dringend benötigten, langerwarteten Lieferungen weitere sechs Wochen oder mehr entbehren. Manchmal lagen unsere Bestellungen sechs Monate lang auf dem Dampfer, ehe wir Gelegenheit hatten, sie entgegenzunehmen.

Drunten am Ufer wurden bereits unter gälischem Geplauder und spritzendem Kies Dingis zu Wasser gebracht, Fackeln blitzten über nassen Steinen und dunklem Seetang, das taktmäßige Klatschen der Ruder entfernte sich immer mehr hinaus auf die See. In Bruach gab es keine Anlegestelle für den Dampfer, er ankerte daher eine Viertelmeile vom Ufer, und Lampen und deren splitterige Spiegelbilder bezeichneten seine Position. Die am Strand Wartenden hörten Befehlsrufe und Ermahnungen der Besatzung, die laut und deutlich über das Wasser schallten. Schon bei Tageslicht war das Herunterlassen schwerer Lasten wie Teerfässer, Säcke mit Haferschrot und gewichtige Teekisten riskant genug. Die Dunkelheit erhöhte die Unfallgefahr.

Ich lehnte an einem Felsblock und hatte meine Freude an dem allgemeinen Aufruhr, der beim Eintreffen des Dampfers immer das Dorf erfaßte, obwohl selten anderes als das strikt Unerläßliche ausgeladen wurde. Das Leben in Bruach war karg und auf das Allernotwendigste beschränkt. Schon der Empfang des täglichen Bedarfs versetzte uns in Hochstimmung. Kamen unsere Wintervorräte, waren wir so aufgeregt wie Stadthaushalte beim Eintreffen bestellter neuer Möbel. Eine Rolle ladenneuer Maschendraht, blitzende Platten Wellblech fanden das gleiche Interesse wie in einem Villenvorort der schicke neue Wagen eines Nachbarn. Ich war begeistert über die Lieferung einer Tonne glänzender neuer Kohlen und innerlich erfreut, wenn der Drogist in meinem Vierteljahrspäckchen die gewohnte Zahnpasta durch eine ungewohnte andere Marke ersetzt hatte.

Der Motor des Dampfers erfüllte die Bucht mit Lärm, wir hörten den Anker hochleiern und Abschiedsrufe. Die Positionslichter verloren sich wieder zwischen den Sternen über dem Meer. Dann hörte man Ruder, und bald schabten die schwerbeladenen Boote über den Strandkies. Mittlerweile hatten sich Janet und Morag zu mir gesellt, und gemeinsam halfen wir die Dingis festhalten, damit sie nicht zu sehr hin und her geworfen wurden, während die Männer ausluden. Die Flut stieg rasch, die See strudelte uns plätschernd um die Füße und schäumte uns in die Stiefel, ehe wir ausweichen konnten. Die Brise war nur leicht, ließ einen aber doch zusammenschaudern, und ich behielt eine behandschuhte Hand auf dem Dollbord und steckte mir die andere in die Achselhöhle. In der Kälte zog ich die Schultern krumm.

»Für Sie sind zwei Kisten und eine Rolle Draht dabei«, teilte Erchy mir mit.

»Aye«, gelang es mir, zähneklappernd zu bestätigen.

»Ist Ihnen kalt?« fragte er erstaunt.

Ich nickte.

»Und ich schwitz wie nur was«, gestand er und schloß mit: »Ach, Ihnen wird's noch warm genug, wenn Sie den ganzen Kram zu sich raufschaffen.« Er hob zwei Kisten aus dem Dingi und ließ sie oberhalb der Flutlinie in den Kies plumpsen. »Ich helf Ihnen dann, sie auf den Rücken laden, wenn ich hier fertig bin«, versprach er.

In jeder Kiste befanden sich, wie ich wußte, ungefähr ein Zentner Lebensmittel. Bei aller Übung im Schleppen, die ich mir in Bruach erworben hatte, eine solche Last konnte ich unmöglich auf dem Rücken wegtragen.

Als Erchy fertig war, kam er und sagte: »Alsdann, haben Sie ein Seil?«

Ich zeigte ihm Schraubenzieher und Hammer, die ich mitgebracht hatte. »Ich habe nicht vor, die Kisten zu tragen«, erklärte ich ihm. »Ich werde sie hier unten öffnen und die Sachen in leichteren Ladungen hinauftragen.«

Er war entgeistert. »Das macht Ihnen doch nur Arbeit, Frau«, tadelte er. »Nehmen Sie doch jedesmal eine, dann ist es Ihnen bestimmt nicht zu schwer.«

»Auf keinen Fall«, gab ich zurück.

»Ach, Ihr Engländer seid ganz falsch erzogen«, neckte er und wies auf seine Mutter, die sich in diesem Augenblick ein Gefäß mit Hafermehl mit einem dicken Strick auf den Rücken band. (Es wog hundertvierzig englische Pfund.) Das Gefäß stand auf einem Felsblock der richtigen Höhe, und als sie das Seil zurechtgezurrt hatte, beugte sie sich vornüber und buckelte sich das ganze Gewicht auf. Behutsam bahnte sie sich einen Weg durch den Kies, grüßte uns kurz im Vorübergehen und stieg den Weg hinauf. Ihr Haus lag eine halbe Meile vom Ufer.

»Haben Sie gesehn?« fragte Erchy. »Dabei ist sie über siebzig. Also was die schafft, schaffen Sie auch. In dem Faß Hafermehl ist mehr drin als in Ihren Kisten.«

Erchy hatte mir einmal in Gegenwart seiner Mutter

erzählt, daß sie in ihrer Jugend zwei Säcke Hafermehl und einen Sack Weizenmehl – zusammen über dreieinhalb Zentner – auf einmal auf dem Rücken vom Ufer zu ihrem Haus hinaufgetragen hatte. Ich hatte damals die alte Dame mißtrauisch angesehen und gemeint, Erchy hätte übertrieben und die ehrliche alte Seele würde es sofort in Abrede stellen, doch statt dessen lächelte sie, ließ ihre Schultermuskeln spielen und erinnerte sich voller Stolz: »Aye, und ich hab mich erst ausgeruht, wie ich zum Cairn kam.« (Der Cairn, nämlich der Grenzstein, stand keine hundert Meter vom Haus.)

Morag kam vorbei, einen Mehlsack auf dem Rücken, bald folgte ihr Janet, die außer einem Hafersack noch in jeder Hand einen Kanister Paraffin trug. Man kann nicht sagen, daß sie ihre Lasten mühelos trugen, aber sie litten nicht sichtbar und hatten noch Atem genug, um uns verschiedene Scherzchen zuzurufen, ehe sie in der Dunkelheit verschwanden.

»Na also, da sehn Sie es«, drängte Erchy, »da werden Sie mit denen da auch fertig werden.« Aber ich wollte es nicht versuchen. Ich merkte, er glaubte mir anbieten zu müssen, mir alles heimzutragen, aber ich umging sein Angebot, indem ich die Kisten öffnete, sobald er den Rücken kehrte. Er hatte selbst einen Zweihundertliter-Kanister Paraffin außer allerlei anderem zu tragen, und ich konnte nicht zulassen, daß er auch noch meine Lasten übernahm. Ich lud einiges vom Inhalt der ersten Kiste in meinen Sack, trug ihn hinauf ins Cottage und kam für eine weitere Ladung wieder. Bald schwitzte ich so, daß ich den Wollschal von meinem Hals abwickelte. Als beide Kisten geleert waren, begann ich dann die Maschendrahtrolle den Abhang hinaufzurollen und hatte noch keine paar Meter hinter mich gebracht, da zog ich auch noch den Mantel aus und benutzte jede Furche im Weg, die das Drahtgeflecht hinderte, wieder bergab zu rollen, um auszuruhen und keuchend Atem zu holen. Ich hatte nur noch ein paar Meter zu schieben, da hörte ich Stimmen hinter mir im Finstern. Es waren Janet und Morag, die ihre erste Ladung heimgebracht hatten und nun die nächste holten.

»Setzt doch ab«, schlug ich vor, »und kommt auf einen *strupak* herein.« Sie lehnten jedoch ab und sagten, der schlimmste Teil sei das Absetzen und neu Aufladen. Wären sie erst einmal unterwegs, fühlten sie das Gewicht nicht mehr so sehr.

»Aber morgen, da müssen Sie auf einen kleinen *ceilidh* kommen«, forderte Janet mich auf.

Ich sagte zu. Die nächste Stunde weidete ich mich entzückt an all den Dosen und Päckchen und verstaute sie in der Speisekammer, schnüffelte anerkennend an einer ungewohnten Kaffeesorte und probierte die Kekse aus der neuen Dose. Dann fiel mein Blick auf die Uhr. Es war Mitternacht vorbei. Und im selben Augenblick fühlte ich mich so müde, daß ich mir wünschte, meine Küche hätte wie so viele andere Küchen in Bruach ein Alkovenbett. Es gab Zeiten, da wäre es wundervoll gewesen, sich einfach auf ein Bett fallen zu lassen und einzuschlafen, ohne erst in ein anderes Zimmer gehen zu müssen. Der Wunsch verflog, denn es klopfte an die Tür, Stiefel stampften, und jemand rief von der Veranda. Es war Erchy, einen Mehlsack auf dem Rücken. Hätte ich in meinem Alkovenbett gelegen, er wäre genauso plötzlich und unangemeldet hereingekommen.

»Kann ich das bis morgen bei Ihnen im Schuppen stehn lassen?« fragte er. »Daheim brauchen sie's nicht gleich, und ich muß noch das Paraffin heimschaffen.«

»Aber gewiß«, erwiderte ich und leuchtete ihm mit der Lampe in den Schuppen.

»Das Wasser kocht«, sagte ich, »ich mache Ihnen eine Tasse Tee, wenn Sie wollen.«

»Aye, das wär schön«, sagte er.

»Nehmen Sie einstweilen ein Gläschen?« Ich bückte mich zu der Tür des Schranks, in dem ich den Whisky aufbewahrte.

»Ein Gläschen? Auf kein' Fall!« Erchy klang ganz entrüstet.

»Sie brauchen gar nicht so empört zu tun«, sagte ich, »es ist selten, daß Sie ein angebotenes Gläschen ablehnen.«

»Weiß ich, aber jetzt nicht. Bis Neujahr rühr ich keins an.«

»Aber das sind ja noch acht Wochen, und Sie haben es bis jetzt keine acht Tage ohne Whisky geschafft!« Ich musterte ihn ironisch. »Was ist denn plötzlich mit Ihnen los?«

»Ich habe mit Johnny gewettet, daß ich keinen anrühr bis Neujahr, und die Wette gewinn ich.«

»Um was geht es denn?« wollte ich wissen.

»Um zehn Pfund.«

»Da muß Johnny ja recht überzeugt sein, daß er sein Geld behalten darf«, spottete ich.

»Wird er nicht. Die Leute sagen, ich kann nicht gewinnen, und ich werd's ihnen zeigen, daß ich es schaff, wenn ich will.« Es klang sehr trotzig.

»Na, dann viel Glück«, sagte ich, als er aufbrechen wollte.

»Brauch kein Glück«, erwiderte er in der halb geöffneten Tür stehend, »mir geht's auch ohne Glück schlecht genug.«

Am nächsten Morgen erwachte ich mit steifem Hals. Zweifellos, weil ich gestern abend bei meinen Anstrengungen Mantel und Schal abgelegt hatte. Er tat sehr weh, und obwohl ich es mit Salben und Wässern, Kompressen und Massagen versuchte, wurden die Schmerzen kaum besser. Hätte ich den ganzen Tag am Feuer sitzenbleiben dürfen, wäre es nicht so schlimm gewesen, aber das war unmöglich. Es waren nicht nur die Hühner zu füttern, sondern auch eine widerspenstige Kuh täglich auszuführen und wieder heimzuholen, eine Aufgabe, bei der ich häufig plötzlich vorspringen und sie abfangen, oder aber umkehren und wieder einfangen mußte, wenn sie sich mir erfolgreich entzogen hatte. Auf dem vernarbten und zerfurchten Heideland war das ständige Stolpern quälend. Ich blieb, so lang ich konnte, in meinen vier Wänden und sah drei Tage lang niemanden, bis Morag nach mir schauen kam. Ich erzählte ihr von meinen Leiden.

»Hab mir gedacht, daß was los ist, weil Sie neulich abend nicht zum *ceilidh* zu Janet gekommen sind«, sagte sie. »Es war ein gutes *ceilidh*, und Janet hat Sie vermißt.«

»Sagen Sie ihr, ich sei zu elend gewesen, um unter Menschen zu gehen«, sagte ich. »Ich komm vorbei, wenn es meinem Hals besser geht.«

»Haben Sie einen wehen Hals?« Meine Miene muß Bände gesprochen haben, denn sie fuhr fort: »Kann ich ihn mal ansehn?«

Ich wickelte meinen Schal ab und ließ sie meinen Hals untersuchen. »Ich kann nichts finden«, verkündete sie. »Hab ich auch nicht erwartet«, sagte ich verdrießlich. Sie bot mir an, mich zu massieren, aber ihre Hände waren wie Sandpapier, und ich hatte bald genug. Dann schlug sie vor, meine Kuh heimzuholen, das nahm ich dankbar an. Schließlich brach sie auf, blieb aber in der Tür stehen, kehrte um und setzte sich wieder mir gegenüber.

»Ich meine, Sie sollten mit dem Hals zur alten Lila gehn«, riet sie mir.

Ich war verblüfft. »Zur alten Lila? Warum?«

»Die kann 'nen Schiefhals kurieren. So nennen wir das in unsrer Gegend«, erklärte sie.

Ich starrte sie noch immer an, und sie wandte sich leicht verlegen ab. Mir fiel ein, daß ihre Mutter eine Art Gesundbeterin gewesen sein sollte, die für das Dorf allerlei Medizinen zusammengebraut und verschiedene Zauber bereitgehalten hatte. Ich wußte, daß auch Morag von derlei viel verstand, und war erstaunt, daß sie mir den Besuch bei der alten Lila nahelegte, obwohl die bei manchen auch für versiert in Dingen galt, die Morag vorgab zu verachten.

»Wenn die einen Schiefhals kurieren kann, wieso dann Sie nicht, Morag?« fragte ich.

»Ich sag nicht, daß ich nicht 'n Schiefhals kurieren kann, wenn ich um die nötige Kraft bete, ich hab's nur nie gemacht. Aber ich weiß, daß die alte Lila sie hat.«

»Wie macht sie es denn?«

»Sie hat einfach die Kraft«, sagte Morag leicht vorwurfsvoll. Sie stand auf und ging zur Tür.

»Und muß ich ihr ein Trinkgeld geben?« fragte ich beiläufig.

Morag überhörte die Frage. »Kann ich dann Lila sagen, daß Sie kommen?«

So skeptisch ich auch war, ihr Ernst beeindruckte mich doch. Ich zögerte und versuchte mich zu ihr zu wenden, um ihr ins Gesicht zu sehen. Der Schmerz entschied die Sache für mich.

»Ja, bitte«, sagte ich.

»Und wann, soll ich ihr sagen, daß Sie kommen?«

»Morgen?« schlug ich vor. »Je eher, desto besser für mich.«

»Morgen«, wiederholte Morag, »wenn der Herr Sie erhält. Aber am besten nach elf, damit sie auch bestimmt von der Kuh wieder da ist.«

Am folgenden Morgen gleich nach elf wanderte ich zu Lilas Cottage. Es lag weit außerhalb von Bruach mitten im Moor, und zu ihm führte nur eine verwischte Spur. Als ich mich dem geduckten Häuschen mit den graugefleckten Wänden und dem schwarzgeteerten Dach näherte, begann ich mich zu fragen, ob ich nicht zu früh käme. Zwar stieg ein dünner Torfrauchfaden aus dem kappenlosen Schornstein, aber man hörte keinen Laut außer dem Zischeln des Windes durch das Heidekraut und sah keine Bewegung, bis ich wenige Meter vom Hause war und mir ein halbes Dutzend Hühner auffielen, die vor der Tür planlos herumpickten. Plötzlich kamen mir Bedenken. Es waren alles Hähnchen, weiße Hähnchen. In Gedanken ging ich die Reihe des Hexenzubehörs durch, und in diesem Augenblick wäre ich gern umgekehrt, wäre ich nicht auf dem glitschigen Boden ausgerutscht, und als ich ein Stolpern vermeiden wollte, durchfuhr mich ein stechender Schmerz. Mutig ging ich zur Tür hinauf. Sie öffnete sich, ehe ich die Hand auf die Klinke gelegt hatte, und Lila stand da mit einem breiten, zahnlosen Lächeln, das augenblicklich all meine Zweifel zerstreute. Sie sah allen anderen alten Croftern beruhigend ähnlich, bis auf ihre Kleider, die staubig und fadenscheinig waren und den Eindruck machten, sie sei still dagestanden und die Spinnen hätten ihre Netze um sie gewoben. Ihre Stimme war etwas schrill, aber ihre Augen waren sanft, und sie erzählte freundlich, wie Morag sie meinetwegen aufgesucht habe. Sie fragte, wie es meinem Hals denn jetzt gehe.

»Nicht besser«, gestand ich, versuchte ihn zu drehen und verzog dabei das Gesicht.

»Sagen Sie mal, *mo ghaoil*«, begann sie und sah mich dabei unverwandt an, »glauben Sie daran, daß ich Sie kurieren kann?«

Bis zu diesem Augenblick war ich skeptisch gewesen, doch jetzt gab ich ihr den Blick ebenso fest zurück. »Ja«, sagte ich entschlossen.

Sie bat mich, mich mitten ins Zimmer zu stellen und den Hals freizumachen, dann nahm sie eine altmodische Feuerzange, die am Kamin lehnte, aber sichtlich ganz kalt war, öffnete sie weit und ließ sie so über meinen Kopf herunter, daß sie um meinen Hals lag, ohne mich im geringsten zu berühren.

»Jetzt machen Sie die Augen zu«, sagte sie. Ich gehorchte, und sie begann zu sprechen. Es war Gälisch, und ich weiß nicht, ob es ein Gebet oder eine Zauberformel war, aber mir fiel auf, daß ihre Stimme nichts Schrilles mehr hatte. Es dauerte nur ein paar Sekunden, so wenigstens kam es mir vor, ehe sie fragte: »In Ordnung, *mo ghaoil*?« Ich öffnete die Augen und drehte versuchsweise den Kopf. Der Schmerz war vollkommen weg, nicht einmal eine Spur von Steifheit war geblieben.

»Wunderbar!« rief ich.

Lila stellte die Feuerzange wieder an den Kamin. »Stimmt«, sagte sie. »Und jetzt bleiben Sie und nehmen mit mir einen kleinen *strupak.*«

Auf dem Heimweg schaute ich bei Morag herein und führte ihr eine Nummer »Kopfwackeln« vor, um zu zeigen, wie erfolgreich Lila mich behandelt hatte.

»Aye, sie hat's eben dazu«, sagte Morag ehrfürchtig.

»Mich haben ihre vielen weißen Hähnchen ein bißchen beunruhigt«, sagte ich. »In England heißt es, weiße Hähne hätten etwas mit Hexerei zu tun.«

»Hexerei?« wies Morag mich zurecht. »Was sollte die arme Lila mit Hexerei? Ihr Vetter John, der Fleischer, schickt die Hähnchen zum Mästen zu ihr. Er kauft sie als Küken für fast nichts, und die beiden machen eine Menge Geld, wenn sie zur Weihnachtszeit die Tiere verkaufen.«

An diesem Abend saß ich gemütlich am Feuer, noch immer verdutzt und ein bißchen amüsiert, daß ich bei so etwas mitgemacht hatte, und trank auf das Wohl von Lila, während ich über verschiedene Wunderkuren nachdachte, von denen ich gehört hatte. Mir fiel ein, daß viele der sogenannten Heilungen nur ein paar Tage angehalten hatten. Ich hoffte, Lilas sei dauerhafter. Zu meiner Freude war sie es.

Ich verbrachte Weihnachten in England und kam zwei Tage vor Neujahr wieder, an dem Abend kamen die Bruacher in hellen Scharen, so daß gegen elf Uhr ein guter *ceilidh* im Gange war. Auch Johnny kam und schwenkte eine Flasche Whisky.

»Wo ist denn Erchy?« fragte er. Aber Erchy war nicht gekommen.

»Ich will versuchen, den Kerl dazu zu kriegen, daß er 'n Gläschen nimmt und seine Wette gegen mich verliert«, rief er. »Wenn er dabei bleibt, muß ich ihm zehn Pfund zahlen.« Er stürmte hinaus in die Nacht, Erchy suchen. Er hatte sichtlich Pech, denn ein paar Minuten später traf Erchy im Cottage ein und beteuerte, nirgends eine Spur von Johnny gesehen zu haben. Er war stocknüchtern – und das war, zwei Tage vor Neujahr, bei Erchy etwas Unerhörtes.

»Diese zehn Pfund gewinn ich«, beharrte er, als die anderen ihn neckten.

»Wie lang mußt du's denn durchhalten?« fragte Hamish.

»Bis sechs am Neujahrsabend«, erwiderte Erchy. »Erst nach sechs kommt mir wieder 'n Tropfen über die Lippen.«

Als Neujahr näherkam, wurde Johnny immer verzweifelter. »Verdammte zehn Pfund«, murmelte er, wenn er Erchy ansah.

Am Silvesternachmittag gegen vier Uhr kam Erchy an meine Tür gewankt und schwenkte eine halb geleerte Whiskyflasche.

»Hier, nehmen Sie schon jetzt 'n Neujahrsschluck«, jubelte er, »später bin ich vielleicht nicht mehr da, um ihn Ihnen zu geben.«

»Aber Erchy«, sagte ich, »jetzt haben Sie Ihre Wette verloren. All die Wochen haben Sie sich vom Whisky ferngehalten, und jetzt haben Sie alles verdorben, nur weil Sie nicht noch ein paar Stunden warten konnten.«

Erchy war betroffen. »Aber wenn ich's getan hätte, hätte mir der Mensch doch zehn Pfund zahlen müssen«, erläuterte er mir. »Ich hab's doch nicht bis zur letzten Minute durchziehn wollen und ihn zahlen lassen. Er ist doch mein bester Freund.«

»O Erchy«, sagte ich und mußte mich, vor Lachen schwach, hinsetzen.

»Da wird Johnny aber erleichtert sein«, sagte ich abschließend.

Doch Bruach blieb Bruach. Johnny war wütend.

»Der hat nur deswegen 'n Schluck vorher genommen, damit ich nicht zahlen muß«, beklagte er sich lauthals. »Ja, glaubt er denn, ich kann's mir nicht leisten, ihm zehn Pfund zu zahlen? Dem werd ich's zeigen!«

Morag wußte zu berichten, daß Johnny und Erchy »es mit den Fäusten austrugen«, ehe die Sache zur beiderseitigen Zufriedenheit geregelt war.

Der Fischer Angus

Ich war gerade dabei, die Fensterrahmen meines Häuschens zu streichen, da besuchte mich Angus, ein untersetzter, gutaussehender junger Fischer, und verehrte mir »ein Schnürchen Hering«, ein halbes Dutzend oder mehr glitzernder Fische an durch die Kiemen gefädeltem Garn. Von seinen blutigen, schuppigen Fingern hingen weitere Fische zum Zeichen, daß er auch andere Freunde großzügig zu bedenken gedachte.

Für die Heringssaison war es hierzulande noch früh, und ich dankte ihm begeistert für das Geschenk, legte Farbdose und Pinsel beiseite und bat ihn, wie es mir mittlerweile zur Gewohnheit geworden war, auf einen »kleinen *strupak*« herein.

Er lehnte hastig ab. »Nein, nein, ich bin eben erst von der See zurück und muß heim, die *cailleach* (die Alte) wartet bestimmt schon mit einem Topf Kartoffeln.«

Angus gehörte zu einer Bootsbesatzung, die vom Festland aus operierte, daher sah man ihn während der Woche nur selten im Dorf. Erst Freitag nachmittags, und auch das nur, wenn das Wetter ruhig genug war, daß das Boot an Bruachs ungeschütztem Rest einer steinernen Mole anlegen konnte, kam Angus heim und verbrachte das Wochenende mit seiner Mutter, der *cailleach.* Ich wußte mit Sicherheit, daß sie bereits ungeduldig mit den gargekochten Kartoffeln auf ihn wartete, und drängte ihn nicht zu bleiben. Trotzdem fand er Zeit, mich in die Küche zu begleiten und zuzusehen, wie ich die Heringe schuppte und ausnahm. Ich finde es oft schade, daß die städtischen Fischhandlungen ihre Heringe vorher schuppen, aber vielleicht schaben sich ja beim strapaziösen Transport vom Boot zum Markt die Fische auch gegenseitig die Schuppen ab. Unsere Heringe direkt vom Fang waren dick voller Schuppen, die unter meinem Messer glänzten wie sprühende Pailletten. Ich warf die Eingeweide in den Hühnertopf und wollte die Schuppen eben vom Teller ins Feuer kratzen, da hielt Angus mich mit kräftiger Hand zurück.

»Das dürfen Sie nicht.« Seine Miene drückte Entsetzen aus.

»Was darf ich nicht?« fragte ich.

»Nie, so lang Sie leben, dürfen Sie Heringsschuppen verbrennen.«

»Bringt wohl Unglück?« fragte ich ergeben.

»Jawohl. Hat Ihnen das denn nie jemand gesagt?«

»Ich habe nie davon gehört«, sagte ich, »und ich habe mittlerweile so viele Schuppen verbrannt, daß es mir sowieso nicht mehr schaden kann.« Ich wandte mich wieder zum Herd. »Ich verbrenne sie immer. Ich weiß nicht, was ich sonst mit ihnen machen soll.«

»Das solln Sie damit machen.« Er riß mir den Teller weg, trat vor die Tür und kratzte die Schuppen auf den gepflasterten Weg vor dem Haus. »Jetzt haben wenigstens die Hühner was davon.«

Ich seufzte und unterdrückte den Vorwurf, der mir auf der Zunge lag. Seit meinem Einzug in ein eigenes Anwesen hatte ich standhaft das Geflügel davon abgehalten, zu nah ans Haus zu kommen, weil ich die Gegend um die Tür mistfrei halten wollte. Aber nicht mein Hühnervolk machte mir im Moment Sorgen, ich fürchtete, daß die Heringsschuppen weniger meine Hennen als eine Horde opportunistischer Möwen anziehen würden, und die ließen noch wahlloser alles fallen. Ich tat die Heringe auf einen sauberen Teller und trug sie hinaus auf die Schattenseite des Hauses, an der ein großer Fliegengitterschrank stand. Angus folgte mir und sah mich die Fische hineinstellen.

»Da freu ich mich aber heute aufs Abendessen«, sagte ich und verriegelte die Schranktür. Ich warf Angus einen Seitenblick zu. »Und auch noch streng legal, diese Fische«, sagte ich und lächelte listig.

Auch Angus grinste. Er war mit Abstand der erfolgreichste Wilddieb des Dorfs. Man sollte meinen, daß ein Mann, der die ganze Woche auf einem Fischerboot arbeitet, wenig Neigung zeigt, auch noch am Wochenende zu fischen, doch bei Angus war das etwas anderes. Das Fangen von gesetzlich erlaubtem Fisch war Arbeit, das Fangen von verbotenem Fisch war Sport. Und Angus betrachtete sich als großen Sportsmann. Jeden Freitag abend während der Lachszeit wilderte er in irgendeinem Fluß, und war die Lachssaison vorüber, konnte man aufregende Berichte darüber hören, wie Angus und ein paar seiner Kumpel den örtlichen Wildhüter überlistet hatten und mit einem gesetzwidrigen Hirsch oder auch zweien heimgekommen waren.

Die Tatsache, daß der Wildhüter ein Vetter von ihm war, hätte vielleicht einige Leute argwöhnen lassen, daß Angus' Wilderei-Erfolge und sein Talent, der Entdekkung zu entgehen, nicht ausschließlich ihm zu verdanken seien. Doch das war alles andere als wahr. Der Wildhüter war unermüdlich in seiner Suche nach solchen Übeltätern, und was noch schwerer wog, er hegte einen starken Verdacht gegen seinen Vetter. Angus wußte genau: Ertappte man ihn auf frischer Tat, würde die Blutsverwandtschaft ihm keinerlei Nachsicht garantieren, eher das Gegenteil. Während daher Angus sich bemühte, nicht erwischt zu werden, legte das Dorf die Hände in den Schoß und genoß die Situation und die heimlichen Geschenke an Lachs und Wildbret, die der gutmütige Angus uns von Zeit zu Zeit zukommen ließ.

»Die werden sich aber freuen, wenn sie sehen, was Sie ihnen bringen«, sagte ich und zeigte auf die anderen »Schnürchen«, die ihm an den Fingern hingen. »Alle waren so damit beschäftigt, die letzte Arbeit auf der Croft hinter sich zu bringen, daß sie zum Fischen keine Zeit hatten.«

»Ach, um diese Jahreszeit sind sie sowieso nicht so scharf auf Hering«, entgegnete er. »Ich glaub, die sind denen jetzt eher ein bißchen zu tranig. Sie wären schärfer drauf, wenn's schon später wär.«

Die Bruacher legten jedes Jahr ihr halbes bis ganzes Faß Salzheringe für den Winter ein, doch dafür wurden die Herbstheringe verwendet. Die Sommerheringe waren, so behaupteten sie, zu fett, um das Salz richtig aufzunehmen.

»Mir ist ein frischer Hering jederzeit lieber als ein Salzhering«, sagte ich zu Angus. »Auch wenn er einem ein bißchen schlechter bekommt.«

»Legen Sie denn keine ein?« fragte er tadelnd und hielt mich für sträflich sorglos.

Das tat ich zwar, muß aber gestehen, es war hauptsächlich die schöne Form des Fäßchens auf dem unteren Fach der Speisekammer, die mir ein mehr ästhetisches als gastronomisches Vergnügen machte. Außerdem erwies ich mich dadurch als nicht ganz so grüner Neuling im Crofterleben und konnte bei der alljährlichen Befragung, ob ich meine Heringe schon eingelegt hätte, bejahende Auskunft geben. Für die Bruacher galt ein Gericht Salzhering mit Kartoffeln als Delikatesse – ein traditionelles Gericht, an das Auswanderer sich voll Heimweh erinnerten. Aber wie die meisten Crofter-Traditionen war es zugleich außerordentlich praktisch.

»Man braucht im Winter nie ein Essen ausfallen lassen, wenn man eigne Erdäpfel und ein Faß Heringe hat«, versicherten sie mir mit großem Ernst. Jeden Winter, wenn die Wilddiebe kein Wild anzubieten hatten, die See zu unruhig zum Fischen war und infolge einer Laune oder Katastrophe der Fleischerwagen das Dorf nicht erreichte, kochte ich mir Salzheringe mit Kartoffeln und war fest entschlossen, Geschmack daran zu finden. Es endete unweigerlich damit, daß ich eine Menge Kartoffeln und nur einen Bissen Hering aß. Jeden Frühling, wenn die Gefahr, eingeschneit zu werden, vorüber war, fing ich damit an, den Inhalt des Fäßchens an die Hühner zu verfüttern, kochte pro Tag nur einen Hering mit der Maische mit für den Fall, daß ein Übermaß an Salz sich verderblich auf ihr Eierlegen oder gar auf ihr Leben auswirken könnte. Überraschenderweise mochte auch meine Kuh gern eine Portion von dieser Maische.

»Komisch, daß das Ihnen nicht schmeckt«, sagte Angus. »Ich kenn Leute von weiter weg, denen schmeckt das besser wie Lachs oder Forelle. Mein Vetter zum Beispiel – na jedenfalls ist er ein Verwandter –, der immer wieder mal bei uns wohnt, also der sagt zu meiner Mutter, Tantchen gib mir jeden Tag, den ich hier bin, Salzhering, denn ich krieg keinen mehr, seit ich unter den Heiden lebe. Er ist Bankmensch, wissen Sie, irgendwo in England«, entschuldigte ihn Angus.

»Er kann ihn gern haben, seinen Salzhering«, sagte ich. Bei solcher Lästerung grunzte Angus abwehrend.

Er wartete und trat unruhig von einem Bein aufs andere. Es wird einem Fischer zur zweiten Natur, in Bewegung zu bleiben, sicher um sich gegen die Kälte zu wehren, wenn er an Deck ist. Wir sahen zu, wie die übereifrigen Schmeißfliegen frustriert um den Schrank summten und nach einem Spalt suchten, um einzudringen. Ich war überzeugt, es gäbe keinen. Auf den Hebriden scheinen die Schmeißfliegen dicker, behaarter und von bösartigerer Hartnäckigkeit zu sein als anderswo. Es heißt, das käme von den vielen Bergschafen – sie wurden manchmal nur recht flüchtig »gedippt« – kombiniert mit dem üppigen Farnkraut, das den Fliegen Schutz bietet. Was auch am Ungezieferbefall schuld sein mochte, wir mußten jedenfalls bei den Maßnahmen, es zu überlisten, peinlich genau sein, denn Kühlschränke für unsere Nahrungsmittel gab es ja nicht. Ich hatte meinen Außenschrank, die Crofter aber benutzten noch immer die alten Methoden: Vergraben oder Einsalzen. Dinge wie *skarts* und Kaninchen, die nur wenige Tage halten mußten, wurden in ein Tuch gewickelt, in eine Grube im Boden gelegt und mit Erde und Rasenstücken zugedeckt. Fisch, den man nicht gleich aß, wurde in einer Schüssel mit grobem Salz bedeckt, mit Ausnahme der Rochen, die, wie es hieß, wegen ihrer rauhen Ammoniakhaut von den Fliegen nicht heimgesucht wurden. Man konnte sie auch ein paar Stunden in die Sonne hängen, um ihren Geschmack zu verbessern. Als man mir zum ersten Mal Rochen brachte, wurde mir geraten, ihn so zu behandeln, doch als ich ihn hereinholte, bemerkte ich zu meinem Entsetzen mehrere Flecken Fliegeneier auf seiner Haut. Mit aufsteigendem Brechreiz zeigte ich sie Morag, die gekommen war, mich bei der Zubereitung des Fischs zu überwachen.

»Ach, das macht doch nichts«, tröstete sie. »Sie werden sehen, die werden nie ausgebrütet.«

»Dazu werden sie auch keine Gelegenheit haben«, sagte ich entschieden, »das Ding kommt sofort wieder ins Meer, wo es her ist.«

»Da nehm ich's lieber für mich, eh ich Sie das tun laß«, beteuerte sie. »Man braucht sie doch nur mit dem Messer abkratzen.«

Ich hielt den Fisch auf Armeslänge von mir, und sie nahm ihn gern.

Angus zeigte allmählich Anzeichen von Ungeduld. Er machte nichtssagende Bemerkungen über das Wetter, meine Hühner und meinen Garten. Ihm schien alles recht, um mich auf das vorzubereiten, was er wirklich sagen wollte. Ich hatte mich mittlerweile daran gewöhnt, daß man in Bruach den wahren Grund für einen Besuch erst dann lässig nebenbei erwähnt, wenn man gehen will. Ich wartete und beobachtete Angus verstohlen. Seine Verbindung mit dem Meer schien ihm eine dauernde Spannkraft sowohl der Gestalt als auch der Miene verliehen zu haben. Seine Stirn war verbrannt von Sonne und Wind, die jugendliche Rotbackigkeit ging in einem wochenalten Bart nicht völlig unter, seine Zähne waren gleichmäßig und weiß, die dichten schwarzen Wimpern um die Augen gaben ihnen das Blau des Rauchtopas. Zerdrückte schwarze Locken säumten den gerollten

Rand seiner Strickmütze, und seine hüfthohen Stiefel gaben seinen kurzen Beinen eine schmeichelhafte Länge. Ich dachte gerade, daß eine Schwester von Angus – hätte er eine gehabt – sicherlich eine Schönheit gewesen wäre, da ergriff er entschlossen das Wort. »Also, ich geh dann lieber.«

Ich begleitete ihn bis zum Gartentor, doch er blieb wieder stehen und machte mich auf die silberumrandeten Wolken aufmerksam, die sich vor einer verhangenen Sonne sammelten. Das Meer war dunkel und still geworden. Ich hatte nun lange genug in Bruach gelebt, um mich für einen verläßlichen Wetterpropheten zu halten.

»Gewitter, was?« fragte ich. Der Tag war lastend und voller Insekten gewesen, wie ich an Hunderten von winzigen, in die frische Farbe der Fensterbretter inkrustierten Fliegen erkannte.

»Aye, glaub schon«, pflichtete Angus bei und begann auf dem Weg auf- und abzugehen, langsam, immer vier Schritte in jeder Richtung. Ich schloß daraus, daß die freie Fläche auf seinem Bootsdeck eben dieses Maß hatte, denn ganz gleich, wie groß der Steg oder das Land sein mag, das den Fischer am Ufer erwartet, er bewegt sich doch immer, als sei er auf ein Deck beschränkt. Ich fragte mich, worauf Angus noch wartete, und suchte in Gedanken nach einem Thema, das ich zu erwähnen versäumt haben könnte. Ich durfte ihn nicht dadurch kränken, daß ich ihm für die Fische Geld anbot. Hatte er irgendein Pech gehabt, auf das ich hätte teilnehmend eingehen sollen? Ich hatte nichts gehört. Seiner Mutter ging es gut: Erst heute morgen hatte ich sie gesehen, als sie mit der Energie einer Zwölfjährigen eine brütige Henne vom Nest jagte. Keine seiner Kühe war in letzter Zeit eingegangen, und es hatte keinen Sturm gegeben, der sein Schiff im Hafen festgehalten hätte.

»Gab es einen guten Fang diese Woche?« fragte ich.

»Aye.« Er nickte in Richtung der See, die ein ablandiger Wind zu kleinen Wellen über der Bucht aufgerauht hatte. »Sie wissen doch, was es von solchem Wetter heißt?«

Ich kannte viele Sprüche über das Wetter, war aber nicht sicher, welcher im Moment paßte.

»Ostwind bringt nur bißchen Brot«, erklärte er. »Man fängt nicht viel, wenn ablandiger Wind geht. Nicht genug für einen Mann, der was beiseitelegen will«, schloß er bedeutsam.

Da fiel es mir blitzartig ein. »Angus, ich höre, Sie denken ans Heiraten?« sagte ich mit herausforderndem Lächeln.

Er lächelte schwach zurück und zeigte dabei nur die unteren Zähne. »So, haben Sie's gehört?« fragte er mit scheuem Seitenblick.

»Ja«, bekräftigte ich. Was ich in Wahrheit gehört hatte, war etwa: Es heißt, Angus spricht davon, heuer zu heiraten, aber ich glaub, es ist gelogen, weil bei Mairi noch nichts von 'nem Kind zu sehn ist.

»Und wer hat's Ihnen erzählt?« erkundigte er sich und stieß die schuppengesprenkelten Stiefel in den Kiesweg. Jetzt lächelte er über das ganze Gesicht, zeigte sämtliche Zähne, und sein Strahlen sickerte durch sein Bartgestrüpp wie die Sonne durch einen Stechginsterbusch.

In England hätte ich in diesem Fall behauptet, das sprichwörtliche Vögelchen hätte es mir gezwitschert, doch dieser Ausdruck hätte in Bruach nur Zweifel an meinem Verstand erregt.

»Man sagt es eben. Stimmt es denn?«

»Aye, ich denk tatsächlich dran«, gab er vorsichtig zu. »Aber es wird wohl noch 'n Weilchen dauern.«

»Wann also?« bohrte ich, weil ich spürte, daß er bedrängt sein wollte.

»Ich dachte, ich schlag vielleicht eine Woche raus, eh der Winterhering reinkommt«, sagte er. »Der Skipper nimmt sich um etwa die Zeit 'n kleinen Urlaub, und da hätt ich dann nichts zu tun.«

»Also ungefähr im September?« fragte ich.

»Ja, ungefähr«, sagte er mit gespielter Wurstigkeit. »Ich und die Mairi, wir wollen alles vornehm haben, wenn wir heiraten«, vertraute er mir an. »Sie kriegt ein ganz feines weißes Kleid, und wir schaun, daß das Hotel alles richtig macht.« Er unterbrach sich und hängte die Fischschnürchen an andere Finger. »Mairis Schwester ist Köchin in dem Hotel, da gibt's bestimmt gut zu essen.«

»Hoffentlich habt ihr einen schönen Tag dafür«, sagte ich. »Es macht viel aus, wenn das Wetter gut ist, nicht wahr?«

Er schien erstaunt, daß ich das Wetter für wichtig hielt. »Aye«, pflichtete er bei, höflich, aber nicht überzeugt.

»Mairi wird gewiß um gutes Wetter beten, wenn sie Weiß tragen will«, erklärte ich ihm.

Sein Gesicht hellte sich auf. »Ich versteh schon, was Sie meinen. Aye, Mairi will sicher, daß die Sonne scheint, aber allen andern ist's egal. Ich denk mir, wir sind im Wagen oder in der Kirche oder im Hotel, und ich sorg schon dafür, daß für jeden genug zu trinken da ist, da macht das Wetter nicht viel aus.«

Fröhlich hob er seine Fischschnüre zum Abschiedsgruß und stapfte eilig den Hang hinauf.

Little Ians Ehefrau

Obwohl es noch eine Weile dauerte, ehe Angus daran denken konnte, sich Heiratsurlaub zu nehmen, kam doch das Gespräch, als ich ein paar Abende später bei Janet war, häufig auf das Thema Hochzeit. Die vorherrschende Meinung war, daß Angus mit seinen vierundzwanzig noch recht jung sei, doch es wurde akzeptiert, daß seine Einnahmen, gesetzliche wie ungesetzliche, ausreichten, um sich die üppige Feier, die er versprach, leisten zu können.

»Hinterher wird doch Tanz sein!« ließ sich eines der jungen Mädchen hören, und ihre Augen leuchteten vor Vorfreude.

»Aber ja doch.« Janet konnte es nachfühlen. »Angus hat gesagt, er redet mit dem Sackpfeifer, der den ›Großen Marsch‹ spielt, daß er nachher auch zum Tanzen aufspielt.«

»Was Gutes zu trinken ist jedenfalls drin«, bestätigte Erchy mit vergnügtem Blinzeln, das alle Anwesenden umfaßte. »Mir hat er gesagt, er rechnet mit einer Flasche Whisky pro Mann und einer halben Flasche Sherry pro Frau.«

»Das kostet ihn aber ein nettes Sümmchen«, sagte Morag.

»Aye, und dazu kommt, was wir essen«, sagte Erchy. »Da plant er was ganz Feines.«

»Wenn's soviel zu trinken gibt, wer will da außerdem noch essen«, lispelte Hector mit seiner hohen Highlandstimme. »Das Essen kann er weglassen. Schließlich soll man kein Geld verschwenden.«

»Es wird Zeit, daß wir hier mal 'ne schöne Hochzeit kriegen«, meinte der alte Murdoch. »Die letzte ist schon ziemlich lang her.«

»Heirat doch selber, wenn du so scharf auf Hochzeiten bist«, beschied ihn Johnny.

Das Gesicht des Alten runzelte sich zu einem traurigen Lächeln. »Ach, die Sonne ist schon zu weit im Westen für solche Spielchen, denk ich mir«, sagte er bedauernd und tröstete sich durch energisches Ausklopfen seiner Pfeife.

Bean Ian Beag (die Frau des kleinen Ian) erhob sich. »Da gibt's Leute, denen fällt's ganz leicht, Geld zu verdienen«, meinte sie tadelnd, »wenn man's hat, findet man immer was, um es zu verschwenden.« Sie schnupfte auf.

»Das sagst du dann aber nicht mehr, wenn du dich auf der Hochzeit amüsierst«, beschwichtigte der alte Murdoch.

»Ich geh auf keine Hochzeit.« Diese Feststellung klang bitter.

»Nicht?« rief die joviale Anna Vic. »Warum denn nicht? Ist doch schade, nicht zu gehn, wenn man eingeladen ist.« Sie setzte sich mit ihrem umfangreichen Hintern bequemer auf dem ungenügenden Küchenstuhl zurecht. »Mich hält bestimmt nichts ab«, sagte sie entschlossen und fügte, weil sie einen Blick von Morag auffing, unsicher hinzu: »Außer ich brech mir vorher den Hals.«

»Ich seh da kein' Sinn drin, Geld zu verschwenden für große, protzige Hochzeiten.« Bean Ian Beag verfolgte das Thema tadelnd weiter, doch Erchy fiel ihr ins Wort.

»Andre sehn keinen Sinn drin, Geld für was zu verschwenden, was du wichtig findest«, sagte er bedeutsam. Bean Ian Beag errötete. Sie öffnete die Tür. *»Oidhche mhath!«* rief sie unvermittelt, zog ihre Strickjacke bis zum Hals hinauf und trug ihre Mißbilligung hinaus in die Nacht.

»Sie ärgert sich«, sagte Morag unnötigerweise.

»Soll sie sich ärgern«, sagte Erchy.

Bean Ian Beags Ehemann Ian Beag war vor vier Jahren gestorben, und seine Witwe hatte seither oft den Wunsch geäußert, einen schönen Grabstein für ihn aufzustellen, wie sie sie auf den Friedhöfen auf dem Festland gesehen hatte. Es war dies ein Wunsch, der bei den Bruachern auf wenig Mitgefühl stieß, denn Ian Beag war nur ein bescheidener Crofter gewesen und die wenigen »feinen« Grabsteine auf dem Friedhof bezeichneten die Gräber der Lairds und ihrer Damen oder reicher Geschäftsleute und ihrer Angehörigen. Die Crofter sahen sie eher gleichgültig als neidisch, und wenn sie sich, was selten vorkam, gedrängt fühlten, die Ruhestätte eines verstorbenen Verwandten zu bezeichnen, hielten sie am Ufer oder auf dem Moor Ausschau nach einer Steinplatte von passender Größe, die man mühelos mit dem Schubkarren heimfahren konnte. Waren sie wirklich fest entschlossen, konnten sie ja immer eine solche Platte mit dem Pickel aus einem zutage tretenden Felsenstück schlagen. In Bruach, fanden sie, gab es genügend Steine für jeden Zweck, man brauchte nicht noch Phantasiepreise für vom Festland importierte Phantasiegebilde zahlen. Hatte man eine Platte von ansprechender Form gefunden, konnte man die Buchstaben einmeißeln, wenn man es für notwendig hielt und das Talent dazu hatte. Es gab etwa ein halbes Dutzend solcher Leichensteine auf dem Friedhof, einen oder zwei sehr gekonnt ausgeführte, der Rest unbearbeitet. Einer war fast humoristisch. Der alte Neil hatte ihn zum Gedächtnis an seine Mutter aufgestellt. Ob er nach einigen eingemeißelten Buchstaben die Geduld verloren oder keine Gelegenheit mehr gefunden hatte, erfuhr niemand, denn auch der alte Neil war inzwischen verblichen. Der Stein stand noch da und verkündete:

Hier ruht Kate Cameron
Ehefrau von John McInnes
und Mutter von
1904

»Ein Grabstein ist etwas Schönes für eine Witwe, um ihr Geld dran zu wenden«, sagte der alte Murdoch. »Und überhaupt, wenn sie einen schicken Stein findet, wer stellt ihn ihr denn auf? Das ist keine leichte Arbeit, wie's heißt, und es wird 'ne Menge Geld dafür verlangt.«

Aller Augen richteten sich auf Erchy, der, einigermaßen jung und kräftig und mit jedermann im Dorf verwandt, die meiste Erfahrung mit Grabarbeiten auf dem Kirchhof hatte.

»Also ich mach's nicht«, protestierte er.

»Hat sie es denn schon mal von dir verlangt?« erkundigte sich Murdoch.

»Sie hat mal davon gesprochen«, gab Erchy zu. »Nein, mach ich nicht, hab ich zu ihr gesagt. Diese protzigen Grabsteine sind verdammt schwere Dinger, und wenn du so scharf darauf bist, dir einen vom Festland zu bestellen, kannst du dir auch Männer vom Festland bestellen, die mitkommen und ihn für dich aufrichten, wenn du schon mal dabei bist.«

»Das würde sie aber hübsch was kosten, was?« meinte Morag.

»Sie war böse auf mich«, bestätigte Erchy. »Ich werd's mir weiß Gott nie leisten können, daß Männer kommen und mir den Stein aufstellen, hat sie gesagt. Dann verschwendest du aber deine Zeit, drauf zu sparen, hab ich gesagt, mich kriegst du nicht dazu. Der Deinige wird nicht besser und nicht schlechter liegen, wenn er das Gewicht auf sich drauf hat«, schloß er triumphierend.

»Ich glaub, die ist trotzdem erst zufrieden, wenn sie einen hat«, meinte der alte Murdoch kopfschüttelnd.

»Ich versteh nicht, warum sie Ian nicht vergißt und Duncan Mor aus Tornish zum Mann nimmt«, warf Johnny dazwischen.

»Aber nicht doch«, mahnte Morag, und Röte stieg in die faltige Haut über ihren Wangenknochen.

»Scharf genug auf sie ist er jedenfalls«, beharrte Johnny.

»Tatsächlich?« fragte Janet überrascht, um dadurch weitere Informationen hervorzulocken.

Jeder in Bruach wußte, daß Duncan Mor der Witwe den Hof machte. Er sollte eigentlich an allen Straßen arbeiten, doch nur dem kleinen Stück Weg in unmittelbarer

Nähe der Croft der Witwe widmete er sich. Er war immer zur Stelle, um ihre Kleiesäcke zu tragen, wenn der Dampfer anlegte, immer greifbar, um das Gras für sie zu mähen, wenn es soweit war. Er war da, um ihre Bullenkälber zu beschneiden, ihren Torfstich zu schälen, und wenn er beim Fischen gewesen war, bekam die Witwe ausnahmslos die besten Stücke seines Fangs. Duncans Werben wurde zwar in Bruach nicht groß erörtert, war aber sicherlich kein Geheimnis.

»Seit fast zwei Jahren redet er ihr nun schon zu, daß sie ihn heiratet«, fuhr Johnny fort. »Ihr wißt doch, daß er sie schon haben wollte, eh sie Ian heiratete.«

»Aye, stimmt, hat er«, pflichtete Janet bei.

»Und sie hat ihn schon damals nicht wollen, und ich glaub, sie nimmt ihn auch jetzt nicht«, sagte Morag.

»Warum eigentlich nicht?« erkundigte sich Erchy. »Der ist doch gut genug für sie, oder?«

»Wenn er will, ist er ein guter Arbeiter«, räumte Janet ein.

»Gegen den Mann selber hab ich doch nichts«, argumentierte Morag leicht ungehalten.

»Warum sagst du dann, sie nimmt ihn nicht?« bohrte Erchy. »Ist er denn nicht ›in allem garantiert intakt‹?« Alles lachte. Diese Wendung wurde beim Viehmarkt angewandt, wenn man einen Bullen in den Ring führte.

»Darin ist er in Ordnung«, sagte Johnny. »Er hat dem Fraser-Mädel einen prächtigen Sohn gemacht, wie er vor ein paar Jahren auf dem Festland Arbeit hatte.«

Morag wurde verlegen. Um ihr Alleinbleiben zu erklären, hatte sie mir einmal anvertraut, in Bruach »schätze man es nicht, wenn eine Witwe einen zweiten Mann nähme«. Ich vermutete daher, daß sie eher die Abneigung ihrer Generation gegen Zweitheiraten äußerte, als Duncan Mors Charakter oder Fähigkeiten herabsetzen zu wollen.

»Ach.« Morag warf den Kopf zurück und deutete durch Ton und Geste an, das Thema sei für sie erledigt, doch man drang in sie, fortzufahren. Zweifellos hofften alle, sie würde jetzt bisher unentdeckte Skandälchen über Duncan enthüllen.

»Wie gesagt, gegen den Mann hab ich nichts«, wiederholte sie. »Aber seht euch sein Gesicht an.«

»Aye, sein Gesicht«, murmelte Janet.

»Sieht doch wirklich aus, als ob einer mit Nagelstiefeln drübergelaufen wär«, platzte Morag heraus.

»Ein Gesicht ist nicht wichtig, solang einer ein, zwei Pfund in der Tasche hat«, meinte Erchy.

»Ich wollt ja nur sagen: ich glaub nicht, daß sie ihn jemals nimmt«, erwiderte Morag mit Bestimmtheit.

Doch darin hatte sie unrecht.

Ein paar Wochen später hatte ich abends meinen Schlaftrunk aus heißer Milch zu mir genommen, das Buch nach meiner abendlichen Lektüre zugeschlagen und die Lampe kleingedreht, um sie nach oben zu tragen. Die Wärmflasche lag schon zwischen den Laken, und ich gestattete mir zum dritten oder vierten Mal herzhaft zu gähnen, da hob sich der Riegel an meiner Tür und sie wurde aufgestoßen.

»Hallo!« rief ich.

Janet kam aus einem feinen Nieselregel herein, ihr rauher Tweedmantel glitzerte.

»Aber, aber«, rief sie, als sie sah, daß ich mich zum Zubettgehen rüstete, »Sie denken doch nicht dran, ins Bett zu gehen, statt auf die Party?« Es klang ganz aufgeregt.

»Was für eine Party?« fragte ich.

»Na, die Party für das Brautpaar«, belehrte sie mich.

Ich setzte die Lampe ab. »Was für ein Brautpaar? Ich weiß von nichts.«

»Duncan Mor und die Witwe? Haben Sie's nicht gehört, sie sind heut früh zum Festland rüber und haben sich trauen lassen!«

»Im Ernst?« rief ich und wurde nun auch ganz aufgeregt.

»Aye, und jetzt sind sie wieder da und haben überall herumgeschickt, wir solln kommen und bißchen mit ihnen feiern. Das werden Sie doch bestimmt nicht verpassen wollen?«

Ich drehte die Lampe wieder höher, um ein Paar Schuhe zu suchen. Ich blickte auf Janets Füße und stellte fest, daß sie ihre gewohnten Gummistiefel trug.

»Ist es so naß?« fragte ich sie zweifelnd.

»Ach, so schlimm ist es nicht, aber wenn wir quer über Felder gehn, brauchen Sie sowieso Gummistiefel, *mo ghaoil.* Jeder wird sie anhaben.«

»Gehen sie auf Hochzeitsreise?« fragte ich, als wir loszogen.

»Ich glaub, die war schon«, sagte sie. »Sie sind ins Küno gegangen.«

Ich lachte ein bißchen. »Die sind ja schnell zufrieden.«

»Aye, aber sie mußten ja sowieso heim und die Hühner füttern«, sagte Janet.

Es war eine recht heitere Gesellschaft, die sich im Haus der Witwe zusammengefunden hatte, und als ich früh um vier Uhr heimging, war der Whisky noch nicht ausgegangen und die Sänger noch immer gut bei Stimme.

Mit dem fortschreitenden Tag klarte es auf, eine ruhige, warme Sonne löste den Sprühregen ab. Ich mußte andauernd gähnen, und da keine eilige Arbeit vorlag, aß ich früh zu Mittag, holte mir einen Gummimantel und eine Decke und streckte mich genüßlich neben dem Steindamm aus. Ich glaubte nur ein bißchen vor mich hin zu dösen, erwachte aber von einem keuchenden Grunzen, wie alte Männer und alte Pferde es von sich geben. Es war keins von beiden: Johnny und Erchy kamen um die Hausecke, sie schleppten zu zweit ein langes, schweres Brett, das sie am Strand gefunden hatten, ließen es ruckartig auf den Steindamm plumpsen und rieben sich die Schultern.

»Mein Gott, das Ding hat vielleicht ein Gewicht«, murrte Erchy. Einen Platz auf meiner Decke verschmähten sie und setzten sich ins feuchte Gras, den Rücken an die Mauer gelehnt.

»Tee?« bot ich an, war aber froh, als sie ablehnten.

»Was ich brauch, ist Wasser«, sagte Johnny. »Einfach einen guten Schluck Wasser.«

»Ich hätte Limonade. Aus frischen Zitronen.«

»Frischen?« rief Erchy.

»Na ja, frisch eingesalzen«, gestand ich. Wir sahen selten frische Zitronen in Bruach, doch ich hatte am Vortag ein halbes Dutzend angespülte gefunden. Sie schmeckten nur ganz leicht salzig, und die Limonade, die ich später aus ihnen machte, war köstlich. Ich ging ins Cottage und brachte Flasche und Gläser heraus. Die Gläser lehnten sie ab und teilten sich die Flasche, dabei gossen sie sich die Flüssigkeit buchstäblich in den Schlund.

»So was wie das hier hätt ich gestern abend brauchen können, um meinen Whisky zu kühlen«, sagte Erchy und wischte sich die Lippen.

»Um wieviel Uhr seid ihr denn von der Party heim?« fragte ich.

»Heim? Wir waren noch nicht daheim«, sagten sie wie aus einem Munde und blinzelten.

Ich lachte. »Ihr Bruacher erstaunt mich«, sagte ich kopfschüttelnd. »Ihr scheint ohne Schlaf auszukommen. Ich habe immerhin vier Stunden geschlafen, aber ich fühl mich wie ein nasser Lappen. Deswegen habe ich die Dekke rausgeholt, um eine Siesta zu halten.« Ich studierte ihre Gesichter und fand darin keine Spur von den nächtlichen Exzessen. Ich wußte nur zu gut, daß ich selber grau und abgespannt aussah. »Ich wollte, ich wüßte euer Geheimnis, ohne Schlaf auszukommen«, sagte ich, und ein ununterdrückbares Gähnen schnitt mir das letzte Wort ab.

»Ich komm nicht ohne Schlaf aus«, verbesserte Erchy, »ich brauch bloß nicht dazu ins Bett gehn. Ich kann überall schlafen, jederzeit, auch beim Rumgehn.«

Ich sah ihn zweifelnd an.

»Das stimmt«, bestätigte Johnny. »So bin ich auch. Ich kann sogar schlafen, wenn ich auf'm Fahrrad fahr.«

Meine Zweifel schwanden. Ich war bei so mancher Gelegenheit hinter dem radfahrenden Johnny hergefahren, und seine Behauptung bestätigte einen alten Verdacht.

Als sie die Limonade ausgetrunken hatten, hätte ich gerne gehabt, daß sie gehen, um noch eine halbe Stunde faul sein zu dürfen, ehe ich an die Nachmittagspflichten denken mußte. Johnny zog ein Päckchen Zigaretten aus der Tasche und bot sie mir an. Ich lehnte ab.

»Und was habt ihr gemacht, wenn ihr schon nicht heimgegangen seid?« fragte ich mit gespieltem Interesse. »Ihr werdet doch nicht die ganze Zeit Treibholz gesammelt haben, oder?«

»Nein, gar nicht. Wir haben ein Auge auf Duncan Mor gehabt.« Wieder zwinkerten beide heftig.

Ich stellte die Frage, auf die sie warteten. »Wieso auf Duncan Mor?«

»Haben Sie nicht gehört, was danach passiert ist?«

Ich war plötzlich hellwach. Es gibt nichts Besseres als ein bißchen Klatsch, um die Schläfrigkeit zu vertreiben. »Hab nichts gehört. Sie wird ihn doch nicht jetzt schon rausgeworfen haben, oder?«

»So gut wie«, erwiderte Erchy. Er betrachtete mich triumphierend durch den Rauch seiner Zigarette. Dann stand er auf. »Ich glaub, wir müssen los«, sagte er.

»Nun komm schon«, schmeichelte ich. »Erzählt mir, was passiert ist.«

Er ließ sich herbei. »Sie haben doch sicher gehört, daß Bean Ian Beag gesagt hat, sie heiratet Duncan nur, wenn er einen Grabstein fürs Grab von ihrem Mann kauft?«

»Nein«, erwiderte ich entrüstet. »Das hat keiner erwähnt.«

»Aber so ist es.«

»Ob er wohl sein Versprechen halten wird, jetzt, wo er sie hat«, murmelte ich.

»Halten? Sie wollte nichts von ihm wissen, bis der Stein

bezahlt und an den Festlandpier geliefert war. Erst wie sie ihn genau untersucht hatte, ist sie mit Duncan zum Standesamt gegangen. Sie haben alles arrangiert: Wie sie aus'm Küno kamen, war ein Lastwagen da, um sie und den Whisky für die Party und den Grabstein für Ian heimzufahrn. Auf dem Heimweg haben sie den Grabstein dann auf dem Kirchhof abgeladen.«

Erchy und Johnny hoben zögernd das Brett vom Steinmäuerchen. »Also wißt ihr«, sagte ich und unterdrückte ein Lachen.

»Es ist auch ein prachtvoller, schöner Grabstein«, sagte Erchy. »Einer von denen, die so was wie 'ne Klopapierrolle obendrauf hängen haben.«

»Schneckenverzierung«, murmelte ich. »Aber, Duncan wird ihn doch nicht für sie aufstellen müssen, oder?«

»Genau das macht er eben«, sagte Erchy. »Kaum war die Party gestern nacht vorbei, ist Duncan Mor mit 'm Spaten und 'ner Gabel losgezogen, solche wie er sie zum Wegemachen braucht, und ist auf den Friedhof.«

Ich mußte lachen.

»Wir sind vor ungefähr einer Stunde hin, nachschaun, wie er vorwärtskommt, und da war er fast fertig«, nahm Johnny die Erzählung wieder auf. »Der Stein stand schon, er hat nur noch ringsum die Erde festgetreten.«

Er setzte die Limonadeflasche an den Mund und trank auch noch den allerletzten Tropfen.

»Wenn ich's mir überlege, Erchy«, meinte er sinnend, »er hat wahnsinnig fest getrampelt, hab ich recht?«

Abschied von Farquhar

Vor ihrem Cottage wusch Sheena Kartoffeln in einem Wassereimer. Ich wartete, bis sie mich bemerkte. Die Kartoffeln waren in einer dicken Lage Mist gewachsen und ganz offensichtlich bei Regenwetter geerntet, so daß viel Erde an ihnen klebte. Sie würden nach dem Kochen mitsamt der Schale gegessen werden, doch die flüchtige Reinigung war alles, was man ihnen angedeihen ließ. Ich mußte annehmen, daß es die genossene Dreckmenge war, die Sheena so gesund erhielt. Sie blickte auf und sah mich.

»Ah, Miss Peckwitt!« rief sie, wischte sich die Hände an der groben Schürze und zog mich in ihre halbdunkle Küche, wo wir einige Hühner überraschten, die uns gakkernd zwischen die Beine fuhren. Mit einer längeren gälischen Ermahnung scheuchte sie sie aus der offenen Tür, räusperte sich ein paarmal und spuckte mit männlicher Gründlichkeit aus.

»Entschuldigen Sie, *mo ghaoil*, ich hatte einen kleinen Grömmel im Hals«, erklärte sie, als sie wieder hereinkam. Sie nahm den Kessel vom Kaminsims und hängte ihn an seinen Haken über das Häufchen glosenden Torf, der nur ein schwaches Rauchfähnchen ausströmte. Ich erkannte ihre Absicht.

»Sheena«, sagte ich hastig, »ich kann nicht zu einem *strupak* bleiben, ich muß zur Post, und wenn ich mich nicht beeile, ist sie geschlossen.«

»Ach was, geschlossen«, Sheena klang recht arrogant. »Sie können immer hintenrum gehen und sie sich wieder aufmachen lassen.« Dabei stocherte sie mit arbeitsharten Fingern energisch im Torf herum.

»Aber ich brauche doch nur eine Briefmarke«, sagte ich.

»Eine Briefmarke, so, so. Aber dazu sind die doch da, daß sie Ihnen eine verkaufen. Ich hab die schon oft nachts aus den Betten geholt, um genau das von ihnen zu kriegen«, versicherte sie mir. Sie sah mich an, vielleicht erwartete sie Zustimmung in meinem Gesicht zu lesen. Ich zeigte keine. Ich hatte schon so manche Klage des Postfräuleins über Sheenas nächtliche Forderungen gehört.

»Ich bin nur auf einen Augenblick hereingekommen, um zu sagen, wie leid mir Ihres Bruders Tod tut«, sagte ich.

»Aye, aye.« Sie erlaubte ihrer Stimme, gefühlvoll zu brechen. »Mein armer, lieber Bruder ist endlich dahingeschieden.« Sie tupfte sich die Augen mit unempfindlichen Fingern, schnupfte auf und wischte sich die Nase am Handgelenk.

Vor drei Monaten war Sheenas unverheirateter Bruder Farquhar ins Krankenhaus gekommen, und bis dahin hatte er allein auf der Familiencroft gelebt, die er beim Tode seiner Eltern geerbt hatte. Das heißt, allein bis auf eine zahme Taube, die nachts in einem behelfsmäßigen Käfig neben seinem Alkovenbett schlief. Farquhar war ein großer, gutaussehender, muskelbepackter Mann gewesen, der, wie es hieß, Preise für verschiedene Kraftakte gewonnen hatte, einschließlich dem Baumstammwerfen. Mit »über sechzig«, als ich ihn zum ersten Mal sah, war er noch immer eine recht ansehnliche Gestalt, um romantisch veranlagten Touristinnen in die Augen zu stechen, bis sie entdeckten, daß er so gut wie stocktaub war.

Zwischen Sheena und ihrem Bruder hatte seit dem Tode der Eltern eine Art lauwarmer Antipathie geherrscht. Pflichtgemäß besuchte sie ihn bei einer der seltenen Gelegenheiten, bei denen sie in die Nähe seiner Croft kam. Die lag am anderen Ende des Dorfes, und ihre Besuche dienten weniger seinem Wohlbefinden als vielmehr dazu, ihn auszuschimpfen, weil er sich zu entziehen wußte, wenn sie jemand brauchte, der ihr die Kleiesäcke vom Dampfer hinauftrug, oder wenn sie vor den wochenlangen Winterstürmen dringend noch ihr Heu bergen mußte. Farquhar, zweifellos unter Zuhilfenahme seiner Taubheit, blieb allen Forderungen seiner Schwester gegenüber überlegen und distanziert und beschränkte sich seinerseits darauf, im Vorübergehen den Kopf in die Tür ihres Cottages zu stecken und ein *ciamar a tha?* als Begrüßung und Lebewohl zu bellen. Wenn er gelegentlich mehr Fische gefangen hatte, als er brauchte, kippte er einige in die Zinkwannen und Eimer, die vorm Haus den Regen auffangen sollten. Mit seiner Schwester einen *strupak* zu teilen, oder sich einen Moment zu ihr in die Küche zu setzen, fiel ihm nicht ein. In Bruach nahm man an, Sheena meine, ihr Bruder hätte sich in tiefster Seele zu schämen, weil er die ganze elterliche Croft geerbt hatte, sie aber – wie sie sich ausdrückte – »nicht einen Sichelstrich« bekam. Ihr Verhalten ihm gegenüber entsprang, so meinte man, dem Groll darüber, daß er so gar keine Schuldgefühle zeigte. Als jedoch die Krankheit, die die Bruacher seit geraumer Zeit an Farquhar bemerkt haben wollten, ihn überwältigte und er sich ins Bett legen mußte, hatte ihn Sheena so hingebungsvoll gepflegt, wie man es von ihr nur erwarten durfte. Es wurde geraunt, ihr Eifer sei noch von ihrem Argwohn angefacht gewesen, daß die Gemeindeschwester, eine frustrierte alte Jungfer, ihrem Bruder Avancen machen und auf diese Weise vielleicht in den Besitz der Croft gelangen könne, während er zu schwach war, sich zu widersetzen. Ob daran etwas Wahres war oder nicht, Sheena bemühte sich zweifellos um das Wohl ihres Bruders. Und als man schließlich entschied, Farquhar müsse im Krankenhaus untersucht werden, war Sheena zu mir gekommen. Ob sie, fragte sie schüchtern, wohl ein paar von meinen Kissen leihen dürfe.

»Selbstverständlich«, erwiderte ich und hoffte auf eine Erklärung, ohne erst lange nachhelfen zu müssen.

Die lieferte sie mir entgegenkommenderweise auch. »Wissen Sie, Miss Peckwitt, der Krankenwagen sollte meinen Bruder ins Krankenhaus bringen, aber als er das hörte, wollte er nichts davon wissen.« Sie schüttelte ratlos den Kopf. »Sie wissen selbst, wie eigensinnig der Mann sein kann, und wenn er sagt, er will nicht, dann will er nicht. Da kann ich mich auf'n Kopf stellen.«

»Und wie wollen Sie ihn hinschaffen?« fragte ich, weil mir klar war, daß es so gut wie unmöglich war, einen Krankenwagen oder ein Mietauto um diese Jahreszeit über Farquhars holprige, sumpfige Croft zu bringen.

»Wissen Sie noch, wie mein Bruder und Hamish sich vor paar Wochen gemeinsam den alten Laster von den Tinks gekauft haben, die damals da warn?«

Ich nickte und erinnerte mich an das amüsierte Erstaunen des Dorfs, daß Farquhar, der am wenigsten Begabte in technischen Dingen, gutes Geld für ein klappriges Vehikel bezahlt hatte, das aussah, als wollten sich Chassis und Rumpf gegenseitig abschütteln, und dessen Motor sich anhörte, als wäre er erleichtert, wenn sie es täten.

»Sie haben gemeint, sie könnten sich Geld damit verdienen, aber ich glaub, sie hätten nur Brennholz draus gemacht.« Sie schnaubte verächtlich. »Und jetzt sagt mein Bruder, wenn er nicht auf eignen Beinen ins Krankenhaus kann, fährt er mit seinem eignen Lastwagen hin.«

»Es wäre vielleicht die einzige Möglichkeit, ihn über die Croft zu kriegen«, meinte ich vorsichtig. »Aber er wird doch wohl nicht glauben, er könne die ganze Strekke darin fahren?«

»Doch, das glaubt er«, bestätigte Sheena niedergeschlagen. »Deswegen brauchen wir ja ein paar Kissen, um es ihm bequem zu machen.«

Ich hatte bereits alle Kissen, die ich besaß, zusammengeholt, aber Sheena hielt mich zurück. »Wir brauchen sie erst abends, *mo ghaoil*«, sagte sie. »Ich hätt Angst, die Hühner verdrecken sie, wenn ich sie schon mitnehm. Wenn Sie sie selber zu Farquhar bringen würden, könnten wir ihm alle adieu sagen.«

»Aber gewiß.« Farquhars Abreise schien so etwas wie ein festliches Ereignis zu werden. »Um wieviel Uhr?«

»Nach vier«, sagte sie und enteilte.

Um vier Uhr brach ich auf zu Farquhars Croft, die Kissen unter beiden Armen. Als ich dort eintraf, wartete bereits ein Lastwagen vor dem Cottage, obenauf ein altmodischer, von Janet geborgter roter Plüschsessel. Morag und Janet waren unter den etwa acht Frauen, die gekommen waren, um zuzuschauen und falls nötig zu helfen, drei bis vier von Farquhars alten Freunden waren ebenfalls zur Stelle, um Ratschläge zu erteilen. Und natürlich auch Johnny und Erchy. Die zwei jüngeren Männer kletterten auf den Lastwagen und rückten den Sessel so in die Mitte, daß er sich mit der Lehne am Wagen abstützte. Sie traten zurück und überprüften ihn mit einer Sorgfalt und Aufmerksamkeit, als sei es der Thron der Dorfkönigin auf dem Festwagen beim Karnevalsumzug. Sie riefen nach meinen Kissen, und auch Morag reichte zwei der ihrigen hinauf. Die Männer warfen sie auf den Sessel.

»So doch nicht«, tadelte die Gemeindeschwester übertrieben geschäftig und gab ihnen komplizierte Anweisungen, wie die Kissen zu placieren seien. Sie selbst kam nicht ohne Hilfe auf den Lastwagen hinauf und hatte schlauerweise ein Angebot der Männer, sie hinaufzuwuchten, abgelehnt.

Nun erschien Farquhar in der Haustür. Er war mitleiderregend mager und schwach geworden, tat aber jeden Versuch, ihn zu stützen, mit einer Handbewegung ab. Wir beobachteten alle ängstlich, wie er in seinem besten Anzug, der jetzt um ihn herumschlotterte, und mit einer neuen Sportmütze, die die Blässe seines Gesichts noch mehr betonte, zum Lastwagen wankte. Dort ruhte er sich kurz aus, um Kraft zum Hinaufklettern zu sammeln. Begleitet von halblauten Befehlen wie »Halt mal!«, »Gib acht, Farquhar«, hob er erst das eine, dann das andere Bein. Dann senkte er den Kopf auf die Arme und klammerte sich fest. In schweigendem Mitgefühl betrachteten wir den gebrechlichen Körper, der bis vor kurzem so kräftig gewesen war. Nach ein, zwei weiteren Versuchen erlaubte Farquhar endlich den Männern, ihn hinaufzuhieven, und das taten sie mit äußerster Freundlichkeit. Sehr besorgt führten sie ihn zum Sessel, rückten ihm die Kissen bequem zurecht und drapierten ihn mit Decken. Man sah Farquhar ein paar Worte mit Johnny wechseln, und dieser sprang vom Lastwagen und ging zurück ins Cottage, von wo er nach einigen Minuten mit einer Taube im Käfig zurückkehrte. Farquhar warf einen liebevollen Blick auf den Vogel. Das Gesicht der Gemeindeschwester war flammend rot geworden.

»Bringt den Vogel weg«, kreischte sie. »Er kann doch keine Taube ins Krankenhaus mitnehmen.«

Farquhars Kopf war auf die Brust gesunken. Er schien ihren Einwand nicht gehört zu haben.

»Hol das Vieh sofort wieder runter, Johnny«, wiederholte sie gebieterisch. »Hat man so was schon gehört! Eine Taube ins Krankenhaus mitnehmen.«

Johnny brachte sie mit einer brüsken Bemerkung vorübergehend zum Schweigen. Der Fahrer ließ den Motor an, und der Lastwagen tuckerte los.

»Cheerio, Farquhar, du bist bald wieder da.« Es erklang ein ganzer Chor von herzlichen Lebewohls und guten Wünschen. Umgeben von meinen Gobelinkissen, von Moragს Sofakissen, den Kopf an ein leuchtend orangefarbenes Kissen gelehnt, das eines von Katys Hochzeitsgeschenken war, musterte uns der alte Mann. In einem schwachen Versuch, für die Grüße zu danken, hob er majestätisch eine Hand. Wir trabten hinter dem dahinruckelnden Lastwagen her, bereit, ihn anzuschieben, falls er im Morast steckenblieb. Die Taube beobachtete uns aus blanken Augen und mit seltsam ruckendem Kopf. Die Gemeindeschwester strebte vor uns her zu ihrem wartenden Wagen, sie wollte dem Laster ins Krankenhaus folgen.

Im Überholen warf sie Johnny ein zorniges: »Und wer kriegt die Vorwürfe wegen der Taube – ich!« zu.

»Wenn Sie nur wegen der Taube Vorwürfe kriegen, geht's ja noch«, gab Johnny zurück.

Die Schwester hastete weiter, blieb mit dem Fuß in einem Karnickelloch hängen und stürzte der Länge nach hin.

»Und wer kriegt die Vorwürfe wegen dem Karnickelloch – ich!« spottete Johnny. Sie warf ihm einen mörderischen Blick zu und rappelte sich wieder auf. Verärgert und zerzaust lief sie weiter. Der Lastwagen erreichte den Weg und beschleunigte vorsichtig. In schicklichem Abstand folgte ihm der Wagen der Schwester.

»Netter Mensch war er, der Farquhar«, sagte Erchy.

»Aye, ich wüßt weder Mann noch Frau, dem er in seinem Leben was zuleid getan hätt«, bestätigte Johnny.

Sie sprachen so ehrfurchtsvoll, als entwürfen sie bereits einen Nachruf für ihn.

»Wir werden ihn vermissen«, wußte der alte Murdoch beizusteuern.

»Du meine Güte«, tadelte ich, »ihr redet gerade, als führe er in die Klinik, um zu sterben. Er soll doch nur zur Untersuchung, oder?« schloß ich stockend mit einem Blick in ihre Gesichter.

»Aye, aye, gewiß doch«, sagte der alte Murdoch, und an seinem Ton merkte ich, daß ich von etwas ausgeschlossen war, das sie alle instinktiv wußten.

Die Gruppe ging auseinander. Morag und ich wanderten miteinander heim.

»Die scheinen zu denken, daß es bei Farquhar was Ernsteres ist«, versuchte ich sie auszuhorchen.

»Sie meinen alle, daß es Krebs ist«, sagte sie.

Ich wiederholte das Wort bestürzt. »Hat denn der Arzt das bestätigt?«

»Der Doktor ist sich nicht sicher, aber die Leute haben gesagt, es ist Krebs, sie hätten es schon gerochen, als er sich das erste Mal hinlegte. Bei Krebs gibt es einen sonderbaren Geruch, nicht zu verwechseln.«

Abends kam der Lastwagen zurück mit dem Käfig und Farquhars Taube.

»Das Gesicht von der Oberschwester hätten Sie sehn

solln, wie Farquhar gesagt hat, er will sie unterm Bett halten«, berichtete Hamish, der Fahrer, vergnügt. »Farquhar hat inständig gebeten, aber sie hat nur herumgebrüllt.« Vier Tage später lag die Taube tot am Boden, obwohl man das arme Tier untertags freigelassen und ebenso mit den Hühnern gefüttert hatte wie zu Farquhars Zeiten.

»Die ist an gebrochenem Herzen gestorben, glaub ich«, war Morags Kommentar.

Und nun, drei Monate später, war Farquhar tot, gestorben an Krebs, wie Bruach diagnostiziert hatte. Die Nachricht war erst gestern abend eingetroffen, und den ganzen Tag war ein nicht enden wollender Strom von Trauergästen zu Sheena gekommen. Die Überfülle an Besuchern und die daraus resultierenden immer neuen *strupaks* waren zweifellos der Grund, warum Sheena jetzt, um fünf Uhr nachmittags, so eifrig die Kartoffeln kratzte, die sie und ihr Sohn normalerweise um drei Uhr als Mittagessen eingenommen hätten. Trotzdem empfing sie mich mit tadelloser Höflichkeit, zeigte durch nichts, daß mein Besuch eine weitere Störung war, und bestand darauf, ich müsse mich »ein Minütchen setzen«. Sie selbst setzte sich mir gegenüber, warf dem Kessel einen drohenden Blick zu, der ihn eigentlich sofort hätte zum Kochen bringen müssen, dann verwandelte sie sich in eine Leidtragende.

»Es ist wirklich traurig, den einzigen Bruder zu verlieren«, sagte sie mit schwerem Seufzer. Ich murmelte meine Teilnahme und war drauf und dran, ihr den Gemeinplatz zu versetzen, ihr Bruder habe doch mit seinen fünfundsiebzig ein schönes, reifes Alter erreicht, da fiel mir noch rechtzeitig ein, daß Sheena selbst bereits fünf Jahre älter war.

»Zum Schluß hat er noch so leiden müssen«, sagte sie. Ich nickte in stummem Mitgefühl. »Er wollte keine Mittel nehmen, hat die Oberschwester mir erzählt, aber ich glaube, er hat schreckliche Löcher in die Decke gebissen, wenn die Schmerzen schlimm waren.« Sie schüttelte traurig den Kopf.

»Haben Sie gehört, Miss Peckwitt, daß mein Bruder schon vor langer Zeit hätte sterben sollen?« fragte sie plötzlich lebhafter werdend.

»Ach, wirklich?«

»Ja, so wahr ich hier sitze. Der Doktor, der damals da war, hat es meinem Bruder gesagt, als er gerade fünfundsechzig war. Es ging ihm damals ein, zwei Wochen schlecht, und er mußte sich legen. Farquhar, sagte der Doktor zu ihm, ich muß ehrlich zu dir sein, Mann, und dir sagen, daß du keine sechs Monate mehr lebst.«

»Was für ein schrecklicher Irrtum«, rief ich aus.

Sheena schnalzte ärgerlich mit der Zunge und sprang auf, um im Torf zu stochern. Sie blies darauf, bis die Soden ein paar vereinzelte Funken sprühten, ehe sie sich wieder setzte.

»Wie hat Farquhar es denn aufgenommen?« fragte ich.

»Na ja, Miss Peckwitt, Sie wissen doch, wie's war mit Farquhar. Er war so taub, daß er gar nicht gehört hat, was der Doktor sagte. Und hat einfach zehn Jahre lang weitergelebt.«

Zum Glück wurde Sheenas Aufmerksamkeit in diesem Moment abgelenkt, und zwar durch ein Huhn, das langsam pickend in die Küche vordrang. Sie stürzte sich darauf und wedelte es mit ihrer Schürze hinaus.

»Er hat einen wunderschönen Sarg«, teilte sie mir mit und setzte sich wieder. »Neueste Mode, hat der Bestatter gesagt.«

Ich murmelte etwas Konventionelles.

»Aye, so was hab ich noch nie gesehn, aber er sagt, er ist aus Amerika und hat 'n kleines Glasfenster drin, damit die Leute sehn, wohin es geht.«

Ich fragte sie, ob ich sie mit meinem Wagen zur Beerdigung fahren solle, aber sie lehnte ab mit der Erklärung, sie habe einen »Mietbus« bestellt, womit sie ein Taxi meinte.

Es gelang mir zu entkommen, ehe der Kessel auch nur annähernd kochte, und ich setzte meinen Weg zur Post fort, wo ich auf das übliche Trüppchen In-letzter-Minute-Kunden stieß. Erchy hatte soeben die Rente für seine Mutter abgeholt, Johnny kaufte Fußballwettscheine, Janet schickte einem Versandhaus eine Schachtel mit einem Hut zurück, den sie sich nach Katalog ausgesucht hatte, aber nicht passend fand. Auf dem Boden hinter dem Schalter pumpte Nelly-Elly, die Posthalterin, an einem zischelnden Primuskocher, auf dem eine große Kasserolle mit Fisch für Hühnerfutter stand. Sie erklärte uns, sie koche es im Postamt, weil es beim Überkochen immer das ganze Haus verstänkerte. Sie erhob sich und wandte sich Janets Paket zu, das sie an die Waage hängte.

»Was für ein Hut ist es denn?« fragte sie eifrig.

»So 'ne Art grüner Stoff«, gab Janet Auskunft. »Im Katalog hieß es, er wär blau, aber er ist keine Spur so blau wie mein blauer Mantel.«

»War der für eine Hochzeit?« fragte Nelly-Elly zunehmend interessiert.

»War er tatsächlich«, erwiderte Janet. »Und ich hab denen in meinem Brief geschrieben, sie müssen mir einen hellblauen schicken, und zwar postwendend, oder ich kauf nie wieder was bei ihnen.«

»Warum ich gefragt hab«, erläuterte Nelly-Elly und legte Paket und Federwaage beiseite, »weil nämlich Elspeth heute einen Hut an die gleiche Adresse zurückgeschickt hat. Sie hat gesagt, er war blau und hätt doch rot sein sollen.« Sie hob ein Päckchen mit den gleichen Ausmaßen auf den Schalter.

»Hier ist er drin.« Die beiden Frauen betrachteten es abschätzend und sahen sich nachdenklich an.

»Ob er wohl paßt?« fragte Janet zögernd.

»Ich denk schon«, erwiderte das Postfräulein.

»Elspeth hätt nichts dagegen.« Janet klang, als wolle sie Bestätigung.

»Natürlich nicht«, redete Nelly-Elly ihr zu.

»Warum ich's mir überleg: Ich krieg vielleicht keinen andern Hut rechtzeitig zur Hochzeit«, fuhr Janet fort.

»Wär schade, so was zu riskiern«, sagte die Postmeisterin.

Janets Finger nestelten bereits an der Schnur. »Wir können alles wieder zuschnürn, wenn er nicht paßt«, sagte sie.

»Ich denk gerade, ich würd gern deinen grünen selber aufprobieren«, sagte Nelly-Elly. »Ich hätt gern einen neuen Hut, aber ich konnt mich nicht entschließen, in welcher Farbe. Wart mal, ich hol meinen Katalog.«

Sie verschwand in dem ans Postamt anschließenden Raum und kam Augenblicke später mit einem Versandkatalog zurück, aufgeschlagen bei der Seite: »Elegante Kreationen für wohlbehütete Damen.«

»Das ist genau mein Stil«, sagte sie, »aber weiß der liebe Gott, was das für Farben sind.« Sie reichte mir den Katalog. »Vielleicht weiß es Miss Peckwitt?«

Johnny und Erchy schauten mir über die Schulter. Erchy las laut: »Azur, das stimmt schon, das ist blau. Hyazinth, das solltest du wissen, wilde Hyazinthen sind doch auch blau, oder? Walnuß? Nüsse sind braun, wenn sie reif sind, und grün, wenn sie's nicht sind, also das ist entweder braun oder grün. Soweit ist es ganz leicht.« Er sah auf, aber die beiden Frauen rissen gerade eifrig Seidenpapierlagen aus den Hutschachteln.

»Das sind aber nur drei von den Farben, die ihr rausgesucht habt«, sagte Johnny zu ihm. »Was ist mit dieser letzten: *Oh-de-Nil?* Was soll denn das für 'ne Farbe sein?«

»Ich weiß nur, daß Oh-de-Collohn nach Collohn riecht. Nil heißt nichts, also heißt es wohl, es riecht nach garnix. Verdammt komischer Name für 'ne Farbe.« Er wandte sich an mich: »Verkaufen die Hüte nach dem Geruch?« wollte er wissen.

»Das hör ich aber zum ersten Mal«, sagte Janet kichernd.

Ich erklärte ihnen die Wörter und versuchte, die Farbe

zu beschreiben. »Ihr wißt doch, wie die Gallenblase von Makrelen aussieht, die Plankton gefressen haben? Ein schönes Blaugrün?«

»Aye, das ist eine schöne Farbe.« Es klang beeindruckt. »Das könnt genau die Farbe sein, die zu meinem Mantel paßt, aber ich glaub nicht, daß noch Zeit ist, so was zu bestellen«, meinte Nelly-Elly bedauernd. Sie nahm Janets Hut und wollte von uns wissen, ob er ihr stand. Wir alle schauten sie an. Nelly-Elly war groß und mager und hatte ein rotgescheuertes Gesicht. Die Hutkrempe hing ihr kokett über das eine Auge.

»Du hast das richtige Gesicht für Grün«, sagte Janet bewundernd. »Nicht wie ich. Ich bin so blaß. Lachlan hat gesagt, ich seh aus wie 'ne Stachelbeere, wenn ich den aufsetz.«

Nelly-Elly ging wieder in die Küche, zweifellos, um sich im Spiegel zu besehen.

»Sie sieht damit nicht aus wie 'ne Stachelbeere«, sagte Erchy. »Sie sieht aus wie 'ne Stange Rhabarber.«

Die Beratung endete befriedigend: Janet behielt Elspeths blauen Hut, die Postmeisterin behielt Janets abgelehnten grünen.

»Ich erklär's Elspeth dann auf dem Heimweg«, versprach Janet.

»Schließlich spart sie das Porto«, tröstete Nelly-Elly.

In diesem Augenblick kochte die Fischkasserolle über und hüllte uns in den Gestank von Fischdärmen und Paraffindämpfen. Wir flüchteten ins Freie. Nelly-Elly verriegelte hinter uns die Tür. Es war jetzt eine halbe Stunde nach dem offiziellen Dienstschluß, und doch überraschte es uns nicht, daß wir weitere Möchtegern-Kunden auf dem Weg zum Postamt trafen. Wie immer war ihre Gangart nicht eilig. Ja, sie schienen noch genügend Zeit zu haben, um Erchy und Johnny zu fragen: »Wie ging's beim Reparieren?« Und: »Habt ihr eure Heckröhre wieder hingekriegt?« Janet und ich wanderten weiter und tauschten Erinnerungen an den alten Farquhar.

»War er nicht sehr abergläubisch?« fragte ich.

»Abergläubisch?« echote Janet. »Einen abergläubischeren wie den hat's nie gegeben.«

»Wissen Sie noch, wie er mir mal einen Hummerkorb gebracht hat?«

»Aber ja«, erwiderte Janet, »und ich hab oft gesehen, daß Sie den verwenden.«

Ich bestätigte es lächelnd. »Als er ihn mir damals brachte, hab ich ihn natürlich ins Haus gebeten«, fuhr ich fort. »Aber eh er eintrat, bückte er sich und tat zwei, drei schwere Steine in den Korb. Wozu die Steine, Farquhar, hab ich gefragt. Er schüttelte den Kopf und meinte: Man darf nie einen leeren Hummerkorb in ein Haus bringen, das bringt Unglück.«

»Ach, da gibt's noch viel, woran die hier herum glauben«, bestätigte Janet. »Zum Beispiel, daß man freitags kein Strickzeug anfangen darf, weil man's sonst nicht mehr fertigmacht. Daran halt ich mich selber.«

Wieder gingen wir ein Stück.

»Über manches bei ihm haben wir schon gelacht«, erinnerte sie sich.

»Damals in dem Jahr, in dem die Ohrwurmplage war«, sagte ich schaudernd. »Überall waren sie, schrecklich. Ich hab damals Insektenspray gekauft, die Büsche beim Haus damit besprüht, und als ich fertig war, sah ich Farquhar stehen, der mich beobachtet hatte. Was ist das denn? fragte er mich. Insektenpulver, sagte ich. Ich versuche, ein paar von den Ohrwürmern kaputtzukriegen. Sieht er mich doch kummervoll an und sagt: Ich glaube nicht an diese Inzestiden.«

»Worüber wird gelacht?« fragten Erchy und Johnny, die uns eingeholt hatten. Ich wiederholte die Geschichte.

»Ach, und nun soll er morgen begraben werden«, sagte Erchy.

Johnny schien plötzlich ein Gedanke zu kommen. »Er wird doch nicht hier begraben, wie kommt Sheena eigentlich zur Beerdigung?«

Ich erzählte ihnen, daß sie bereits ein Taxi bestellt hätte.

Erchy wandte sich an Johnny. »Das ist eine verdammt gute Idee«, sagte er.

»Was?« fragte Johnny.

»Wir mieten uns auch eins für Farquhars Beerdigung, dann können wir uns bei der Gelegenheit gleich anschließend besaufen.«

Mist mit Sahne

Es kam die eindrucksvoll silbergerahmte Einladung zu Angus' Hochzeit. Ich öffnete sie unter dem kritischen Blick des Postboten.

»Mm, alles gedruckt«, sagte ich respektvoll. Erst einmal hatte ich eine Einladung zu einer Bruacher Hochzeit erhalten, doch die war damals Dutzendware gewesen und stammte aus dem allgegenwärtigen Versandkatalog, der so viele Bedürfnisse des Dorfes befriedigte. Die Eltern der Braut hatten viel ausfüllen müssen.

»Jeder kriegt eine«, informierte mich Postie düster. »Es ist ebenso schlimm wie eine Wahl, wo man auch die Formulare in alle Häuser tragen muß.«

»Aber es kommt doch nicht so häufig vor«, tröstete ich.

»Das schon, aber ich muß doch heut abend die Hummerkörbe raufholen«, murrte er, und als ich ihn weiter bedauerte, wetterte er los: »Die verdammte Heiraterei. Ich versteh nicht, warum die es nicht machen wie die Tinks und das mit dem Heiraten einfach weglassen.« Gereizt sortierte er einen Stoß Briefe. »Warum fahrn sie nicht nach Glasgow und machen ihr Geheirate dort ab, ohne all die Scherereien für mich.«

Postie, der tagsüber schwer auf seiner Croft arbeitete, wurde erst beim Auftauchen des Abendautobusses zum Postboten, der nämlich brachte den Postsack. Dann zwängte er sich in die Uniformjacke, hieb sich die Schirmmütze auf den Kopf und rannte zum Postamt. Er hoffte, durch Benutzung von Abkürzungswegen gleichzeitig mit dem Bus dort einzutreffen oder doch nicht allzu lange nach ihm, um nicht vom Postfräulein gerügt zu werden. Normalerweise war er ein vergnügter Kerl, hatte aber ein Magenleiden, und gewiß war das der Grund für seine gelegentlichen Unmutsanfälle. Versuchsweise bot ich ihm ein Glas Sauermilch an, schön dick und klumpig, die allgemein als Beruhigungsmittel galt. Er nahm es dankbar an, lehnte das ihm hingehaltene Glas ab und trank gleich aus dem Krug bis zum letzten gurgelnden Mundvoll. »Das hält mich wieder 'n Weilchen in Gang«, sagte er und wischte sich mit dem Ärmel die Flocken vom Mund. »Hab meine Kartoffeln noch nicht gehabt, deswegen hatte ich 'n bißchen Hunger.« Er hob sich die schwere Posttasche wieder auf die Schulter und ging, wobei er kurz auf seiner Pfeife blies, um den Bewohnern der nächsten Croft sein Kommen anzuzeigen.

Ich häufte feuchte Torfsoden aufs Feuer, damit es noch ein paar Stunden weiterglimmen sollte, wählte einen der frischen Brotlaibe, die ich erst heute gebacken hatte, wikkelte ihn in ein Geschirrtuch und machte mich zu Morag auf, die für ein paar Tage ans Haus gefesselt war: Sie hatte sich beim Heuen den Fuß zerschnitten. Der Schnitt hatte sich entzündet, der Fuß war so angeschwollen, daß sie »keinen Stiefel draufbrachte«. Infolgedessen war sie gezwungen, Behag, die untüchtige, aber gutmütige Frau ihres Neffen, als Pflegerin und für die Arbeiten auf der Croft zuzulassen.

Der ganze Tag war zu naß gewesen, um im Heu zu arbeiten, immer wieder durchnäßten über die Bucht heranziehende Regenschauer das Gras. Dunst hatte die Hügel verhüllt, und ab und zu waren andeutungsweise weiße Möwen zu sehen. Jetzt hatten die Schauer sich verzogen, die Sonne blitzte durch und betonte das Grün des Grases, daß es aussah wie angemalt, und auf dem Meer gab es so viele verschiedenfarbige Flecke, daß man meinte, durch ein Kirchenfenster zu schauen.

Als ich bei Morag eintraf, saß sie auf der Küchenbank, das eine Bein auf einem Kissen. Der Fuß war mit feucht aussehenden Tüchern von wohlbekanntem, aber nicht sehr hygienischem Braunton umwickelt. Sie begrüßte mich, als hätten wir uns drei Jahre und nicht drei Tage nicht gesehen. »Und was macht der Fuß?« fragte ich, als ich ihr das Brot überreicht hatte.

»Ach, dem fehlt so gut wie gar nichts«, erwiderte sie. »Aber Behag, dieses Untier, hat mir die Stiefel weggenommen, damit ich nicht rumrennen kann.«

»Bravo, Behag«, sagte ich.

»Sie fühlte sich auch innerlich nicht besonders, Miss Peckwitt«, schaltete Behag sich ein. »Deswegen hab ich sie ihr weggenommen.«

Ich musterte Morag überrascht. Sie war sonst so unerschütterlich, daß es einem sonderbar vorkam, sie könne an etwas anderem leiden als einem kleinen Unfall.

Sie schaute ein wenig verlegen. »Aye, stimmt, ich war paar Tage nicht so ganz gut drauf«, gestand sie, »aber jetzt geht es mir prima.« Sie starrte Behag wütend an. »Das heißt, das würde es, wenn ich nur meine Stiefel zu fassen kriegte.«

Ich zeigte auf ihre Bandagen. »Hat Ihnen der Doktor das umgelegt?« fragte ich zweifelnd.

»Nein, der nicht«, gab sie rasch zurück. »Was soll ich mit dem Doktor, wenn ich nur einen vergifteten Fuß hab.«

»Aber dagewesen ist er doch?« Jeder wußte, daß der Arzt am Vortag bei Morag gewesen war.

»Freilich war er da.«

»Aber die *cailleach* hat ihn nicht den Fuß anschaun lassen«, vertraute Behag mir an.

»Aber Morag«, schalt ich, »ein Fuß mit Blutvergiftung kann sehr ernst werden. Sie hätten ihn anschauen lassen sollen, auch wenn Sie nicht tun, was der Doktor Ihnen rät.«

»Was nützt das schon, wenn er ihn anschaut?« fragte sie entrüstet. »Der Herr hat ihm kein Gesicht gegeben, mit dem man Vergiftetes heilen kann.«

»Sie glauben ja nicht, daß er überhaupt etwas heilen kann«, warf ich ihr vor. »Ich bin der Meinung, daß er ein sehr guter Arzt ist, viel besser, als Bruach es verdient.«

»Das meine ich auch«, unterstützte mich Behag.

»Aber das kann man der *cailleach* ja nicht sagen, die hält nichts von ihm.«

»Den würd ich mir wirklich nicht aussuchen«, verkündete Morag. »Er ist auch weniger zu mir gekommen, als auf ein Gläschen«, sagte sie bedeutungsvoll.

»Für ein Gläschen ist er genau der Richtige«, murmelte Behag bewundernd.

»Aye«, bestätigte Morag. »Die Leute erzählten mir, wenn Patienten zu ihm kommen, weil sie sich nicht gut fühlen, sagt er nur: Trinken Sie Wasser! Nur das. Und gestern, als er hier war und Behag ihm sein Gläschen gegeben hat, da hat sie gefragt, ob er Wasser dazu möchte, und da hat er ein saures Gesicht gezogen und gesagt: *Arrah,* nein, von Wasser wird mir schlecht!«

Behag gab mir eine Tasse Tee. In der Küche roch es durchdringend nach Mist, und ich warf einen Blick auf meine Stiefel, ob ich vielleicht beim Hereinkommen in etwas getreten war. Sie kamen mir aber ganz sauber vor. Ich schnüffelte diskret: Der Geruch schien aus Richtung von Morags Fuß zu kommen.

»Womit behandeln Sie Ihren Fuß?« fragte ich.

»Mit dem, was ich immer bei Blutvergiftung verwende«, erwiderte sie. »Ich misch es mir selber.«

Behag und ich tauschten ein gequältes Lächeln. »Und was muß da alles hinein?« erkundigte ich mich.

»Bißchen Kuhmist und 'n kleines bißchen frische Sahne«, erklärte sie mir mit großer Würde. Ich muß sehr schockiert geschaut haben, denn sie meinte leicht vorwurfsvoll: »Wissen Sie, Miss Peckwitt, die Alten hatten Mittel gegen alles, lange eh es Doktoren gegeben hat. Und viele von uns glauben immer noch, es waren die besseren Mittel. Sie werden sehn, ich werd wie eine junge Geiß herumhopsen in ein paar Tagen.«

In diesem Augenblick kam Hector herein. Er trug ein uraltes Gewehr, das aussah, als sei es aus einer Müllkippe ausgegraben, aber zwei ausgewachsene tote Kaninchen bewiesen seine Funktionsfähigkeit. Er hängte sie an einen passenden Haken an der Decke und schob das Gewehr unter die Bank, auf der Morag saß.

»Na, und wie geht's, Miss Peckwitt?« erkundigte er sich, indem er sich an den Tisch setzte und die gekochte Makrele, die ihm Behag aus einem Topf schöpfte, mit den Fingern in Angriff nahm. Abwechselnd nahm er je einen Mundvoll Fisch und einen Mundvoll gekochter Kartoffeln zu sich, die er sich geschickt direkt aus der Schale in den Mund quetschte. Die Schalen warf er gezielt ins Feuer.

»Mir geht es gut«, erwiderte ich. »Und Ihnen?«

»Ach, ganz ordentlich. Und wie geht's Mary?«

Meine Freundin aus England kam jedes Jahr und verbrachte ihren Sommerurlaub in Bruach.

»Der geht es auch gut«, sagte ich. »Ging es ihr jedenfalls, als ich das letzte Mal von ihr hörte.«

»Richten Sie ihr, wenn Sie schreiben, auch bestimmt aus, daß ich nach ihr gefragt hab.«

»Sie hat auch nach Ihnen gefragt«, entgegnete ich prompt.

In jedem Brief, den ich Mary schrieb, fügte ich als PS an: »Ich soll Dir sagen, daß sie sich alle nach Dir erkundigt haben.« Und wenn Mary antwortete, lautete ihr PS ebenso.

»Und was gibt's sonst, Hector?« erkundigte sich Morag.

Ihr Neffe sprach durch einen Mundvoll Kartoffeln. »Nichts. Gar nichts. Alles wie jeden Tag in Bruach.«

»Aber etwas mußt es doch geben«, tadelte seine Tante. »Erzähl mal, ob Anna Vic ihr Grummet vorm Regen noch fertiggekriegt hat.«

»Aye«, erwiderte Hector, »ungefähr, aber die oberste Lage wird sie runtertun müssen.«

»Darüber wird sie jammern, denk ich.«

»Die jammert ein, zwei Tage über gar nichts«, sagte Hector geheimnisvoll.

»Und warum nicht?« Morag sah ihn durchbohrend an.

Behag hielt mitten im Eingießen einer Tasse Tee inne und war ganz Erwartung.

»Ihr Onkel in Amerika ist gestorben«, klärte Hector uns auf. »Heut abend ist ein Brief bei der Post gewesen, da stand's drin.«

»Wirklich?« Morags Stimme klang ehrfürchtig.

Behag neigte den Teetopf und füllte Hectors Tasse. »Ob er wohl Anna Vic was vermacht hat?«

Hector warf einen spitzbübischen Blick auf seine Tante. »Hat er«, war alles, was er sagte.

Morag rutschte unruhig auf ihrem Sitz. »Hast du nicht gehört, was er hinterlassen hat?« fragte sie und bemühte sich um Gleichgültigkeit.

»Ich glaub, er hat alles hinterlassen, mitnehmen konnt er's ja wohl nicht.« Damit tat er das ganze Thema ab.

Behag langte hinauf auf das Fach oberhalb des Herdes und holte die Einladung zu Angus' Hochzeit herunter, die an der roten Porzellanuhr lehnte. »Das kam heut abend«, sagte sie und schwenkte es vor den Augen ihres Mannes. »Meinst du, daß wir da antworten müssen?«

Hector riß die Augen weit auf. »Nein, warum denn?« entgegnete er. »Die wissen ganz genau, daß wir kommen. Sonst würden sie uns doch keine Einladung schicken.«

Er stieß den Teller mit den Grätenresten weit von sich, wühlte in den Taschen seiner Jacke und förderte eine zerknüllte Zigarettenpackung zutage. Er bot mir eine an. Behag entnahm dem Feuer mit der Zange ein glimmendes Torfstück und zündete damit unsere Zigaretten an.

»Rauchen, immer nur rauchen«, spottete Morag. »Hector ist nur zufrieden, wenn er raucht.« Hector rächte sich, indem er so tat, als ziele er mit einer Zigarette auf ihren Schoß. Sie bog sich weg. »Damit verderb ich mir nicht die Lungen«, beteuerte sie. »Ich glaub, wenn die Doktoren den Hector mal untersuchen, finden sie ihn ganz verseucht von Nikotin.«

Um sie zu ärgern, blies Hector eine Rauchwolke in ihre

Richtung. Behag stopfte geschäftig ein Gemisch aus frischen Dorschlebern und Hafermehl in einen Dorschkopf, um ihn im Backrohr zu braten.

»Hast du schon die Zeitung vom Bus geholt?« fragte Hector.

»Noch nicht«, erwiderte Behag. »Erchy hat gesagt, er holt sie und gibt sie dir später, wenn er drin gelesen hat.«

Hector knurrte.

Die Tageszeitungen trafen ungefähr um sieben Uhr abends in Bruach ein, doch nur drei, vier Häuser hatten sie abonniert. Die übrigen wurden schlicht geteilt. Man sah keinen Grund, gutes Geld für Zeitungen zu zahlen, die einem beim Besuch in den Häusern von Freunden umsonst zur Verfügung standen. Ein Vorteil dieser kleinlichen Sparsamkeit war, daß man in Bruach nie weggeworfenen Zeitungen begegnete. Sie waren ein begehrter Artikel und wurden in Ehren gehalten. Bekamen wir Waren per Post, so bestand der Spaß des Auspackens zum Teil darin, daß sie oft mit Zeitungen ausgestopft waren, die wir glätten und lesen konnten, ganz gleich wie alt die Nachrichten sein mochten. Die gelesenen Zeitungen wurden gewissenhaft glattgestrichen und dienten als Nachschlagewerk, als Lesestoff für unsere Freunde und schließlich als Packmaterial, sollten wir selbst etwas wegschicken müssen.

Man hörte Schritte, Erchy kam herein, gefolgt von seinem Hund. Der Hund besah sich die Gesellschaft, fand sie anscheinend wenig anziehend und legte sich lieber draußen hin. Hunde sind auf den Hebriden hauptsächlich Arbeitstiere, und obwohl oft willkommen in den Häusern ihrer Eigentümer, können sie ihre Wächterrolle schwer ablegen und halten sich lieber draußen auf. Gibt es keine Schafe zu hüten, dann wenigstens Kühe oder Hühner.

Erchy warf eine Zeitung vor Hector auf den Tisch.

»Hast du schon was draus gelesen?« erkundigte Hector sich rücksichtsvoll.

»Aye, hab sie schon aus.« Erchy setzte sich zu Morag auf die Bank und zündete sich eine Zigarette an. »Die Einladung habt ihr schon, wie ich seh«, bemerkte er.

»Ja«, sagte Behag und nahm sie bewundernd zur Hand. »Sie ist wirklich großartig.« Sie sah Erchy an. »Wirst du sie beantworten?«

»Beantworten?«

»Steht doch R.S.V.P. drauf. Es heißt doch, daß man's dann beantworten muß!«

»Solche Sachen sind nix für Bruach«, versicherte er ihr. »Wir sind nicht gemeint. Es gäb ja auch keinen Grund, warum wir nicht hingehn sollten.«

Es entstand eine kurze Stille. Hector studierte die Zeitung und schob sie dann beiseite.

»Warst du heut mit'm Gewehr unterwegs?« fragte Erchy.

»Aye.« Hector zeigte auf die Kaninchen. »Hab aber nur die zwei erwischt.«

»Im Glen?«

»Nein, drüben im Tal.«

»Wieso warst du dort?« Erchy wurde neugierig.

»Hab die Pollezei nach Rhuna übersetzen müssen. Hast du nix drüber gehört?«

»Wie soll ich was von drüben hören, wenn ich mit den Schafen den ganzen Tag in den Hügeln bin«, erwiderte Erchy ärgerlich.

»Na ja, die Pollezei wollte von mir rübergebracht werden wegen diesem und jenem.« Hector lachte in sich hinein. »Einer von denen hat 'n ganz komisches Gewehr gehabt, kann ich dir sagen.«

»Ein Gewehr?«

»Wenn man das Gewehr nennen will. Ich hab nix davon gemerkt, bis der sagt: ›Hector, glaubst du, daß unterwegs Gelegenheit ist, einen *skart* oder so was zum Abendessen zu schießen?‹

›Kann sein‹, sag ich zu dem, ›wenn du ein Gewehr hast.‹ Weil ich nicht wollte, daß sie das sehn, was ich unter der Bank hab«, schloß er mit gewinnendem Lächeln.

»›Ein Gewehr hab ich‹, sagt der Pollezist und zieht das Ding aus'm Mantel. Ich hätt fast laut gelacht. ›Es stammt aus irgend'nem Krieg oder so was‹, hat er gesagt. ›Was für Munition gehört denn da rein‹, hab ich ihn gefragt. ›So was hab ich noch nie gesehn.‹

›Das hier ist die Munition‹, sagt er und steckt die Hand in die Hosentasche, um sie rauszuholen. Und macht ein ganz komisches Gesicht. ›Ich bin doch ein Idiot!‹ sagt er. ›Ich hab die verdammte Munition verlorn.‹ Er sucht in allen Taschen und findet sie nicht. Und dann sagt der andre Pollezist zu ihm: ›Ich weiß, was mit deiner Munition passiert ist. Weißt du noch, wie wir am Morgen nach deiner Frau gesucht haben, die bootfahren gegangen war und nicht wiederkam? Wir dachten schon, sie ist ertrunken und das Boot wär umgeschlagen und zwischen den Felsen angespült und wir müßten rauswaten.‹

›Aye‹, sagt der andere Pollezist.

›Na ja, und da bist du doch heim und hast dir nachher andere Hosen angezogen‹, erinnert ihn der andre. ›Und da ist deine Munition drin.‹

›O Gott‹, sagt er, ›so wird's sein.‹«

»Und was war mit der Frau?« fragte Morag. »Haben sie die gefunden?«

»Ja, später. Sie hatte die Ruder verlorn, und das Boot war weit auf See hinausgetrieben.«

»Und sie war die ganze Nacht draußen?« schrie Behag.

»Aye.«

»Na, hoffentlich hatte sie genügend an«, sagte ich. »Für die Jahreszeit war es gestern nacht zu kalt.«

»Sie hat nur 'n Badeanzug angehabt, hat's geheißen, und der war auch noch knapp.«

»Und sie war in Ordnung, als sie sie fanden?« fragte ich.

Hector dachte kurz nach. »Ich glaub, es hat geheißen, sie war bißchen unterkühlt oder so.«

»Wenn sie sie nur gefunden haben, die arme Seele, da bin ich aber froh«, sagte Behag erleichtert. »Sie hätt ja auch ertrinken können.«

»Du hättest hören sollen, wie die Pollezisten über sie geflucht haben«, belehrte Hector sie. »Wo sie doch extra das Gewehr dabeihatten und haben doch keinen *skart* gekriegt.« Er hob einen Fuß, und Behag kniete nieder und zog ihm gehorsam den Stiefel aus.

»Ich überleg nur, wieso die Pollezei überhaupt nach Rhuna gemußt hat«, grübelte Morag.

Hector wischte sich die Hand am Kinn, und seine Augen funkelten übermütig. »Die haben ihren Bullen verlorn. Und da haben sie nach Pollezei geschickt, ob die ihn nicht findet.«

»Stimmt das«, fragte Morag.

»Aye«, bestätigte er und goß sich eine weitere Tasse Tee ein. »Und der, der direkt auf meinem Gewehr sitzt und es nicht weiß, fragt mich noch: ›Hast du auch bestimmt kein Gewehr an Bord?‹ Und ich bekomm's mit der Angst und denk mir, vielleicht haben sie die Schüsse auf die Karnickel gehört, wie ich in Rhuna auf sie gewartet hab, und gleich kommen noch mehr Fragen, aber da springt einer von denen plötzlich in die Höh und ruft: ›O mein Gott, die Munition. Mir fällt grad ein, die war in der Hosentasche, und die Hose hab ich meiner Frau gegeben, und die trocknet so was immer im Backrohr oder vorm Feuer.‹ Und der andere Pollezist lacht bloß und sagt: ›Macht nix, du kannst immer 'n neues Paar verlangen, wenn das dabei kaputtgegangen ist.‹«

Es war nur noch eine knappe Woche bis zu Angus' Hochzeit, und die Tage vergingen, die Bruacher beendeten ihre Heuarbeit oder brachten ihr Grummet wenigstens auf wetterfeste Stapel, um kein schlechtes Gewissen haben zu müssen, wenn sie für den großen Tag Urlaub nahmen. Morag, Behag und Erchy halfen mir bei meinem Wintervorrat, und anschließend saßen wir im Cottage und tranken Tee. Hector, der zweifellos gewittert hatte, daß die Arbeit getan war, kam hereingeschlendert und setzte sich zu uns. Ich zeigte allen das Hochzeitsgeschenk, das ich gekauft hatte. Sie bewunderten es pflichtschuldigst, aber selbst nach Jahren der Vertrautheit hätte ich nicht zu sagen gewußt, ob es wirklich Anklang bei ihnen fand.

»Ich denk, Sarah wird auch auf die Hochzeit gehn«, meinte Erchy.

»Sarah? Wie kommst du denn darauf?«

Sarah verließ selten die Grenzen des Dorfes.

»Ich hab sie aus der Post kommen sehn mit echt Schlagseite nach Steuerbord«, wußte Erchy zu berichten. Er verwies damit auf die Tatsache, daß Sarah ihre Rente erst abholte, wenn sich das Postfräulein beklagte, es könne nachts nicht mehr schlafen, mit so viel Geld im Postamt (manchmal gleich fünf Pfund). Dann verließ Sarah ihre Croft für eine halbe Stunde und holte das ihr Zustehende ab. Da sie Scheine nicht als wirkliches Geld betrachtete, bestand sie darauf, alles in Silber bezahlt zu bekommen, und da sie ihr Geld in einer Tasche an der Innenseite ihrer mit Knöpfen versehenen Unterhose aufzubewahren pflegte, war ihre finanzielle Lage immer an ihrem Gang zu erraten.

Behag kicherte. »Man sollt meinen, sie benutzt ein Geldtäschchen wie andre Leute«, sagte sie.

»Sarah hält nur ihre Hoseninnentasche für sicher«, sagte Morag.

»Na, in ihrem Alter wird sie das auch sein«, meinte Erchy.

»Viel zu sicher«, sagte ich. Ich hatte Sarah einmal auf einer Fahrt aufs Festland unter meine Fittiche genommen. Wir hatten vom Hafen aus den Bus nehmen müssen, und als das Fahrgeld zu bezahlen war, stellte der fremde Fahrer fest, er könne meine Pfundnote nicht wechseln. Es gelang mir, genügend Kleingeld zusammenzukratzen, um für mich zu zahlen, aber als er an Sarah herantrat, gab sie ihm einen Shilling.

»Es kostet zwei Shilling«, sagte er zu ihr.

Sarah war empört. »Als ich das letzte Mal mit diesem Bus gefahren bin, hat's nur einen Shilling gekostet«, behauptete sie.

»Seit ich den Bus fahr, hat's immer zwei Shilling gekostet«, erläuterte der Chauffeur, »und das sind jetzt zwölf Jahre.«

Sarah errötete. »Ich geb's Ihnen, wenn Sie halten«, versprach sie.

Das Dumme bei Sarah war, daß sie sich genau ausrechnete, wieviel Geld für einen Ausflug sie zu brauchen gedachte. Für die Busfahrt, die Fähre, die Einkäufe. Das alles ruhte einzeln in Papierstreifchen gewickelt in einer Dose auf dem Grund ihrer Einkaufstasche. Geld für Notfälle stak wohlverwahrt in ihrem Hosenbein. Mit der Forderung des Busfahrers konfrontiert, war sie sowohl entrüstet wie peinlich berührt. Als der Bus hielt und Sarah und ich ausstiegen und nach hinten gingen, folgte uns der Fahrer, sicherlich der Meinung, dies sei eine List, um uns vor dem Bezahlen zu drücken, und behielt uns im Auge. Sarah begann ihre langen Röcke zu durchstöbern und das Bein ihrer Hose aufzuknöpfen und sah dabei die ganze Zeit den Fahrer so wütend an, daß er sich umdrehte. Schließlich gelang es ihr, einen weiteren Shilling herauszuziehen. Den reichte sie ihm, und er nahm ihn genau in Augenschein. Seine Miene entspannte sich leicht, als er sagte: »Ausgabe 1920. Den hast du wohl weiß Gott lang genug da drin gehabt.«

Das war nicht das einzige Mal, daß ich in ein mit Sarahs Hosen zusammenhängendes Ereignis verwickelt wurde. Ich traf sie einmal, als sie ihre Kuh zum Stier führte. Sie wirkte recht elend, blieb häufig stehen, setzte sich am Wegrand und versuchte, ihren krummen Rücken aufzurichten.

»Fehlt Ihnen etwas, Sarah?« fragte ich sie.

»Heut früh hat mir noch nichts gefehlt, aber jetzt ...«, klagte sie.

»Ich führ die Kuh weiter, wenn Sie lieber heimgehn wollen«, bot ich mich an.

»Ach, wenn Sie nur ein Auge auf sie hätten, während ich pinkeln geh, wär ich dankbar«, erwiderte sie. »Vielleicht geht's mir dann besser.«

Ich wanderte hinter einer nur allzu erwartungsvollen Kuh her, und nach wenigen Minuten holte mich Sarah mit sehr erleichterter Miene ein. Ich sah sie fragend an.

»Ach, ich hab gedacht, mit meinem Magen ist was los, oder mit meinem Herz oder meinem Rücken, aber wie ich pinkeln ging, hab ich gemerkt, daß ich nur meine Hose verkehrt rum anhatte. Jetzt geht's mir wieder gut.«

Erchy sagte: »Ich glaub, Angus und Mairi feiern ziemlich groß. Sieht aus, als ob die Leute ihnen anständige Geschenke machen, damit sie alles planen können.« Meist schenkten die Bruacher dem Bräutigam ihre Umschläge mit Geld erst unmittelbar bei der Hochzeitsfeier.

»Tearlaich nicht«, warf Hector mit listigem Lächeln dazwischen.

»Wieso Tearlaich nicht?« fragte Morag.

»Der jault, weil ihn der Laird reingelegt hat.«

»Ja, diesmal hat er den kürzern gezogen«, bestätigte Erchy kichernd.

»Hat er wieder sein Getreide verlangt?« fragte Morag.

»Aye.«

Tearlaich gehörten weit außerhalb liegende Felder, die ans Weideland grenzten. War sein Getreide zu verlockender Höhe aufgeschossen, kam es vor, daß die Hirsche den Weg von den Hügeln herab dorthin fanden, den Zaun übersprangen und sich an seinem Korn gütlich taten. Der Laird war Besitzer der Hirsche und somit verantwortlich für jeden Schaden, den sie anrichteten, und da er ein großzügiger Herr war, hatte er den von Tearlaich geschätzten Schaden immer anstandslos bezahlt. Tearlaich machte es sich bald zur Gewohnheit, jedes Jahr Schadenersatz zu verlangen, und jedes Jahr wurde der auch bezahlt.

»Er hat wieder verlangt«, sagte Erchy, »aber diesmal hat er Nachricht gekriegt, der Laird käm selber nachschaun. Das ist noch nie passiert, und da hat Tearlaich gewußt, daß der Mann mißtrauisch geworden ist. Da mußt er dann rennen und seine Kühe durchs Getreide jagen, eh der Laird auftauchte.«

»Und ist er damit durchgekommen?«

»Ist er eben nicht. Eine von den Kühen hat einen Fladen hinterlassen, und den hat der Laird gesehen. Er ist ja vielleicht blöd, aber zwischen Kuhdung und Hirschdreck kann er schon noch unterscheiden, und da hat er sich Tearlaich vorgeknöpft und ihm gedroht.«

»Hat er auch verdient!« sagte Morag.

»Dumm ist nur, Tearlaich ist ganz außer sich, denn wenn jetzt die Hirsche im nächsten Jahr kommen, traut er sich nicht mehr klagen«, sagte Erchy.

Keiner hatte großes Mitgefühl mit dem hinterlistigen Tearlaich, der neun Zehntel seiner Zeit damit zubrachte, den Adel herunterzumachen, und neun Zehntel seines Einkommens dafür ausgab, ihn nachzuäffen.

»Also der hat mal nicht so viel übrig für 'n Hochzeitsgeschenk«, sagte Hector. »Und noch einen gibt's.« Damit zeigte er auf sich selbst.

»Ach sei still«, sagte seine Frau. In Bruach wird dieses »Ach sei still« verwendet wie in England ein »Was du nicht sagst!«, und so verwirrend es für Fremde klingen mag, es ermutigt zu weiteren Enthüllungen.

»Aye, ich fühl mich so arm, ich könnte eine Bank ausrauben«, sagte Hector. Morag murmelte mißbilligend.

»Würdest du mich rausschmeißen, wenn ich's tät?« fragte er herausfordernd.

»Aber bestimmt.«

Hector wandte sich an seine Frau. »Behag tät das nicht, oder, Behag?« fragte er. »Du würdest mich nicht verraten.«

Behag lächelte ihm zärtlich zu. »Kommt drauf an«, sagte sie.

»Auf was?«

»Wie du's gemacht hast«, erwiderte sie sanft. »Wenn du niemand verletzt, würd ich dich verstecken und für dich lügen, aber wenn ich hören würd, daß du Hand an jemand gelegt hast, könntest du schaun, wo du bleibst.«

»Na, es raubt ja keiner irgend'ne Bank aus«, sagte Morag und stand auf, »und die Hühner müssen gefüttert werden und die Kuh gemolken.« Wie sie prophezeit hatte, »hopste sie mittlerweile wieder herum wie eine junge Geiß«.

Der Morgen von Angus' Hochzeit dämmerte mit herbstlichen Nebelschleiern, durchwirkt mit Regenbogen. Bruach war früh auf den Beinen und bei seinen Pflichten. Die Moore waren voll scheltender Stimmen von Menschen und Hundegebell, weil bockige Kühe zur Eile getrieben wurden. Für die Bruacher war es ein guter Tag zum Heiraten, weil einen das Wetter nicht zwang, den Verlockungen des Festes zu widerstehen und an das Einbringen des Heus zu denken. Ich hatte mittlerweile meinen lange fehlenden Wagen »Joanna« aus den Fängen einer Festlandwerkstatt befreit, wo er eine gründliche und gründlich verlängerte Überholung genossen hatte. Da ich Morag, Behag und Hector versprochen hatte, sie zur Kirche zu fahren, startete ich rechtzeitig und kündigte mein Eintreffen vor ihrem Cottage durch ein paar Hupentöne an. Morag kam heraus, fand es aber nötig, ins Haus zurückzukehren, dann kamen sie und Behag gemeinsam heraus, und diesmal hatte Behag etwas vergessen. Als sie endlich beide im Wagen saßen, warteten wir auf Hector, der endlich aus dem Haus stolziert kam, sehr gehemmt in seinem besten Anzug.

»Nun hast du Miss Peckwitt wieder warten lassen«, schalt Morag ihn aus.

»Ich war doch nicht schuld. Hast du ihr gesagt, wieso?«

»Hab ich nicht«, sagte Behag ruhig.

»Aye, sehn Sie, Miss Peckwitt, es war so: Behag hat mein Hemd auf die Leine gehängt, damit die Falten rausgehn, und da hat eine verdammte Möwe draufgeschissen.« Hector war ärgerlich.

»Und du hast so 'n Theater damit gemacht«, warf Morag geringschätzig dazwischen. »Und dabei war die Scheiße nur auf dem Hemdschlapp, da hätt kein Mensch sie gesehn.«

Die meisten Bruacher waren bereits in einem speziell gemieteten Bus vorgefahren, und als wir ankamen, war die Kirche fast voll. Die stattliche rothaarige Mairi in ihrem weißen Kleid, umwölkt von Schleiern, war eine imposante Erscheinung, und Angus, obwohl todmüde aussehend, war ein stolzer und entschiedener Bräutigam. Ich fand, daß der Geistliche den Gottesdienst etwas hastig absolvierte, und als das Paar anschließend die Kirche hätte verlassen sollen, forderte er sie nicht auf, zu warten, bis der wütende Regensturm, der sie draußen empfing, abgeklungen war.

»Dem pressiert's zum Schnaps«, entschuldigte ihn Johnny, als ich darüber eine Bemerkung machte.

Im Hotel gab es einen Lunch aus frischem Lachs mit Gemüse. Die Portionen waren üppig.

»Frischer Lachs«, murmelte ich anerkennend, »der scheut auch keine Kosten bei seiner Hochzeit.«

»Kosten?« Morag sah mich mitleidig an. »Wo sind

denn die Kosten, wenn der seit drei Nächten sein Bett nicht gesehen hat, weil er so viel hat wildern müssen.«

»Deshalb wirkt er so müde!« rief ich aus.

»Ja, so ist's«, sagte sie.

Ich sah die Reihe der Tafelnden entlang, die alle mit ausgezeichnetem Appetit zulangten. Es gab darunter nur eine Gestalt, die sichtlich das Mahl nicht ganz so genoß. Naheliegenderweise war es der Wildhüter.

Die Kellnerinnen füllten unsere Gläser mit Whisky, und während des Mahls und aller Reden und Ansprachen wurden sie unermüdlich nachgefüllt. Die Telegramme wurden verlesen. »Recht enttäuschend«, war Moraggs Kommentar, als es vorüber war und sie nirgends etwas Unanständiges hatte entdecken können.

»Mairi hat dem Brautführer gesagt, er soll die guten nicht lesen«, erklärte Erchy. »Die lesen wir dann selber, wenn der Pastor gegangen ist.«

Bald begann das Singen, passenderweise mit dem Lied ›Mairis Hochzeit‹, und von da an war es nur mehr ein prächtiges *ceilidh,* bei dem jeder aufstand und »ein Lied zum besten gab«, in dessen Refrain alle einfielen. Scherze wurden durch den Raum gebrüllt, gefolgt von Lachsalven. Die Tische wurden weggeräumt, der Tanz begann, angeführt von Braut und Bräutigam. Mairi war ganz und gar Fürstin, doch als die Gesellschaft immer lärmender wurde, trat ihr jemand auf den Schleier. Sie war unterwegs nach oben, um ihn abzunehmen, als ein Zwischenruf sie aufhielt.

»Mairi, mein Mädchen, nun paß aber schön auf, was du mit all dem Netz anfängst. Wir brauchen's am Montag für die Heringe.«

Als Mairi die Treppe wieder herunterkam, war sie in Reisekleidung. Angus trat zu ihr, und die Gäste drängten sich um das Paar mit Händeschütteln, Küssen und Abschiedsgrüßen. »Großartige Hochzeit«, sagten sie zu Angus. »Weiß nicht, wann ich mich schon mal so gut amüsiert hab.« Nur der Wildhüter stand etwas abseits und enthielt sich aller Komplimente. Schließlich wurde es für das Paar Zeit zum Aufbruch. Angus' Blick kreuzte sich mit dem des Wildhüters.

»Und du, hast du dich auch amüsiert?« fragte er ihn.

»Bestens«, erwiderte der Wildhüter gelassen.

»Gut«, sagte Angus. »Und das Essen hat dir geschmeckt?«

»Jawohl«, sagte der Wildhüter. »Hat mir recht gut geschmeckt.«

»Das ist recht«, sagte Angus kühn. »Es ist nämlich so verdammt viel übrig, daß es aussieht, als ob sich das ganze Dorf noch 'ne Woche dran satt ißt.« Er zwinkerte ihm zu und wandte sich zu seiner Braut, die er durch einen Konfettiregen zum Wagen zerrte.

»Ja, ja«, begrüßte mich Morag am nächsten Tag. »Jetzt heißt es wieder Haferbrei und alte Kleider, nach all dem Gefeire.«

»Es war eine schöne Hochzeit«, sagte ich.

»Das war sie, ja. An der Bar, heißt's, haben sie mehr Whisky verkauft als Bier. Das ist immer ein Zeichen, daß sich die Leute gut amüsieren.«

»Ich hätte gern gewußt, wieviel ungefähr getrunken worden ist«, sagte ich, »die Hotelbesitzer müssen doch sehr zufrieden mit sich gewesen sein.«

»Ich denke mir, sie müssen eher mit Angus zufrieden sein, weil sie wegen ihm so gute Geschäfte gemacht haben«, sagte sie.

Vom Ufer kam das Tuten einer Hupe. Wir wandten uns um und sahen den Fischdampfer, auf dem Angus normalerweise arbeitete.

»Ich frage mich, wieso der wohl heute hier reinfährt?« murmelte ich.

»Um Angus an Bord zu nehmen«, erklärte mir Morag.

»Angus? Aber der ist doch auf Hochzeitsreise.«

»Ist er nicht.« Sie nickte in Richtung einer wohlbekannten Gestalt, die mit einem Bündel unterm Arm an den Strand hastete. Angus winkte uns fröhlich zu.

»Aber ich hab ihn doch gestern abend mit seiner Braut auf Hochzeitsreise gehen sehen«, wiederholte ich eigensinnig. »Mairi hat mir selbst gesagt, es sollte für eine Woche sein.«

»Sie haben ihn abfahrn sehn, aber das war nur, weil er Mairi auf dem Festland in den Zug setzen wollt«, erklärte mir Morag. »Angus hatte jetzt keine Zeit für die Hochzeitsreise, weil er sich für das Wildern frei genommen hatte, und da hat Mairi eben allein fahren müssen.«

Ich tat mir ernsthaft leid. Seit zwei Tagen lag ich im Bett, hatte geschlafen, erbrochen und geschwitzt. Ein Grippeanfall. Am Nachmittag des dritten Tages fühlte ich mich endlich etwas besser. Die Gemeindeschwester, deren Verrichtungen sich im wesentlichen darauf beschränkten, sich Tee zu kochen und ihn an meinem Bett sitzend zu trinken, wobei sie mich mit Berichten über die Verbreitung der Tuberkulose im Dorf tröstete und mir zu meinem Glück gratulierte, ihre hingebungsvolle Pflege zu genießen, nahm mir das Fieberthermometer aus dem Mund und verkündete, ich dürfe mich aufsetzen. Sie stopfte mir Kissen in den Rücken, bevor sie ging, und ich lauschte ihrem davonfahrenden Wagen, ehe ich nach meinem Schlafrock griff. Im Schlafzimmer zog es unerbittlich von allen Seiten und war kalt, trotz des zischelnden Paraffinöfchens, das, wenn es frisch gepumpt war, recht gut funktionierte, jetzt aber alle paar Stunden verzweifelt zusammensank und puffte und erwartete, daß man wieder an ihm pumpte und den Docht heraufstocherte. Draußen rauschte der Wind durch die entlaubten Ebereschen, Regen und Hagel prasselten aggressiv gegen Dach und Fenster. Ich dachte daran, wie gemütlich es in der Küche war, und beschloß, mich hinunterzuschleppen.

Ich stand neben dem Bett und sammelte Kräfte, da hörte ich unten an der Treppe jemand rufen.

»Bella will wissen, ob Sie was brauchen?« Bella und Morag hatten sich um den Haushalt gekümmert, solange ich lag.

»Vielen Dank, Hector«, rief ich hinunter. »Ich bin beim Aufstehen. Wenn Sie dafür sorgen könnten, daß Kohle- und Torfeimer gefüllt sind, wäre ich sehr dankbar.«

»Schön, sag ich ihr«, wurde geantwortet, und einen Augenblick später hörte ich die Haustür zufallen.

O Hector, formulierte ich in Gedanken, du fauler Strick, hättest du diese Kleinigkeit nicht selber tun können? Doch da ging die Haustür, und zu meinem Erstaunen hörte ich deutlich das dumpfe Aufsetzen von zwei vollen Eimern. Offenbar hatte ich Hector unrecht getan.

Ich schleppte mich weiter treppab und genoß das Behagen, das der Ton von Heizmaterialeimern an Winterabenden verbreitet. Das Entzünden der Lampe, das Klappern von Geschirr, das Schüren des Kaminfeuers verheißen Feierabend, aber erst das Absetzen der Heizeimer ist die Interpunktion, die des Tages Arbeit von der abendlichen Muße trennt.

Mit Dankesworten auf den Lippen gedachte ich Hector zu begrüßen, aber es war gar nicht Hector, der bei den Eimern stand, sondern Erchy.

»Ich hätte geschworen, es wäre Hector, ich scheine noch etwas verworren im Kopf zu sein.«

»War auch Hector«, klärte Erchy mich auf. »Aber ich war gerade auch da.« Er setzte beide Eimer neben den Kamin. »Ich glaub, Hector hätt die Eimer nicht geholt, und wenn Sie erfroren wärn.«

Ich lächelte breit. »Überrascht hat er mich schon, aber Hector überrascht einen ja manchmal.« Ich wollte weitersprechen, da öffnete sich die Tür und Hector kam herein, unschuldig lächelnd.

»Hab mir gedacht, ich füll die Eimer selber, dann braucht Bella es nicht machen«, begann er. Sein Auge leuchtete auf, als sein Blick wie zufällig auf die vollen Eimer fiel. Er tat erstaunt. »Aber die sind ja voll!« rief er und trat ein paar Schritte vor, um sich an dem hell brennenden Feuer zu erwärmen. Erchy und ich sahen uns an.

»Aye, es waren die Feen«, sagte Erchy trocken.

Hector nahm drei Becher vom Büfett. »Ihnen ist doch sicher nach 'ner Tasse Tee«, sagte er und hob den Kessel auf die Flammen. Sichtlich erschöpft von dieser Anstrengung ließ er sich auf einen Stuhl fallen.

»Geht jetzt um«, bemerkte Erchy.

»Was?«

»Diese Erkältung mit Übelkeit, die man Grippe nennt«, erwiderte er. »Hab sie sogar selber 'ne Weile gehabt. Mir war jedesmal, als sollt ich in Ohnmacht fallen, wenn ich vom Stuhl oder aus'm Bett aufstand.«

»Was haben Sie denn dagegen genommen?«

»Eine tüchtige Portion Whisky. Gibt nichts Beßres.«

»Wir sollten wieder unsern eigenen Whisky machen, wenn wir gescheit wärn«, meinte Hector. »Solang jeder noch sein Viertelfäßchen Whisky neben dem Kamin stehen hatte und immer ein Gläschen nahm, wenn er aus dem Wetter reinkam, hat man nie von Erkältungen oder Grippen gehört.«

»Weiß auch nicht, warum das aufgehört hat«, murrte Erchy. »Hat doch niemand geschadet.«

»Die haben uns gezwungen, daß wir damit aufhören, weil sie die Engländer auch gezwungen haben«, erklärte ihm Hector.

Ich sah ihn fragend an.

»Aye, ein paar von diesen Engländern, wenn die zuviel Whisky trinken, fangen sie an, hinter den Weibern her zu sein wie die Böcke. Die werden einfach verrückt.«

Über diese Erklärung ausgerechnet von Hector hätte ich fast laut herausgelacht.

»Hier ist das anders«, fuhr er fort. »Bei uns in der Gegend nimmt 'n Mann ein Gläschen, wenn er eine Medizin braucht oder sich amüsieren will. Und nicht, um den Frauen zu Willen zu sein.«

Bei solchen Bemerkungen der Bruacher blieb mir manchmal buchstäblich die Luft weg. Jetzt auch. Dabei wußte ich, daß man hier allgemein der Ansicht war, Frauen seien schärfer auf Sex als Männer und litten auch mehr, wenn ihre Begierden unerfüllt blieben.

Hastig kam Erchy auf das Thema Erkältungen zurück. »Ich weiß noch, wie mein Großvater geprahlt hat, er hätt sich seiner Lebtag nie erkältet.«

»Aye, aber dein Großvater hat auch gewußt, wo der

Whisky ist«, mahnte Hector, wandte sich zu mir und blinzelte mir vielsagend zu.

Ich reagierte mit einem wissenden Lächeln. Soweit sich ältere Bruacher erinnerten, war Whisky früher unter dem Lehmboden der Häuser und Stallungen vergraben, um ihn vor Dieben und Zollbeamten zu verstecken. Wenn daher die Jüngeren die alten Häuser erbten und modernisierten, indem sie Holzdielen einzogen, hatten sie manchmal ein solches Geheimdepot ausgegraben. Von Erchys Großvater hieß es, er sei sogar noch vorsichtiger gewesen, habe einmal ein angespültes Riesenfaß Whisky gefunden, es mit dem Boot weggebracht und in einer nur ihm bekannten Höhle versteckt. Bald danach war der alte Mann ganz unvermutet gestorben, und obwohl er mit seinem letzten Atemzug sein Geheimnis preisgegeben hatte, waren seine Instruktionen hinsichtlich der Höhle und ihres Schatzes doch so wirr gewesen, daß seine Söhne sie trotz intensiver Suche nie gefunden hatten. Diese Höhle und ihr Schatz waren inzwischen zur fixen Idee für seinen Enkel Erchy und dessen Kameraden geworden. Wann immer sie in die Nähe des vermeintlichen Verstecks gerieten, suchten sie hingebungsvoll nach der Höhle, mutmaßten erneut über deren vermutliche Lage und machten Pläne, was alles sie mit dem Whisky täten, wenn sie ihn eines Tages fänden. Sie träumten von einer erfolgreichen Beendigung ihrer Suche wie andere von einem Lottogewinn und suchten nach der Höhle wie andere nach dem sagenhaften El Dorado.

»Wenn der Geist von meinem Großvater wiederkäm, würd ich ihm nur die Frage stellen: Wo hast du den Whisky versteckt?« sagte Erchy.

»Was würde dieser Whisky schon noch nützen, nach all den Jahren?« fragte ich. »Das Faß wäre doch bestimmt inzwischen zerfallen.«

»Ich bin erst zufrieden, wenn ich's sicher weiß«, gab Erchy zurück. »Schließlich ist ein Faß Whisky verlieren so arg, wie einen Verwandten verlieren.«

»Nur noch schlimmer«, sagte Hector düster.

»Haben Sie auch nach dem Whisky gesucht, als ich damals mit Ihnen in den Hügeln war? Sie wissen doch, damals, als ich die Nonne gesehen habe?«

»Klar«, sagte Erchy. »Sie warn weiß wie 'n Leintuch, wie Sie wieder an Bord gekommen sind. Das weiß ich noch genau.«

»Ich hatte etwas sehr Beunruhigendes erlebt«, gab ich zu.

Es war ein Tag Ende September gewesen, windstill, mit einer milden Sonne, die das Bunt der Moore beleuchtete, und ich hätte mich mit Malkasten und Pinsel hinsetzen und versuchen sollen, all diese Schönheit festzuhalten. Statt dessen machte ich mich bereit, sechs Kilometer weit in ein Glen zu wandern, wo ich Brombeeren zu finden hoffte. Erchy und Hector, die eine Gruppe Kletterer zum Schiff hinunterführten, kamen beim Cottage vorbei, sahen mich und riefen mir zu, ob ich nicht mitkommen wolle. Dort, wo sie hingingen, versicherten sie mir, waren die Büsche voller reifer Brombeeren, alle leicht erreichbar. Sie würden mir pflücken helfen, sagten sie, wenn ich ihnen dafür Marmelade machte. Die Aussicht war unwiderstehlich. Ich griff mir etwas Proviant, einen Eimer und einen Korb und folgte ihnen an den Strand.

Die Brombeeren waren wirklich übergroß und wuchsen dicht bei dicht. Da Erchy und ich eifrig pflückten und Hector auch manchmal daran dachte, eine Beere in den Eimer statt in den Mund wandern zu lassen, hatten wir bald Eimer und Korb randvoll.

»Die nehmen wir mit ins Boot, wenn Sie sich noch umschaun wollen«, bot Erchy sich an. »Wenn Sie in 'ner Stunde zurück sind, werden wir noch da sein.«

»Wohin wollt ihr denn?« fragte ich.

»Ach, wir suchen nur was«, sagte er lässig.

»Schön, ich werde rechtzeitig da sein«, sagte ich, nahm mein Picknickpaket und krabbelte über die Felsen dem Schafweg zu, der mich auf nicht zu anstrengende Art zum nächsten Talkessel hinaufführen sollte. Dort im warmen Windschutz aß ich meinen Lunch und döste eine Weile. Als ich aufwachte, sah ich hoch oben auf dem fernen Hügelkamm die Gruppe der Kletterer, die wir mit dem Schiff hergebracht hatten. Ich hob das Fernglas und beobachtete die weit auseinandergezogene Linie der winzigen Figürchen, die sich langsam auf eine breite, kahle Felswand zu bewegte. Diese Wand stürzte senkrecht hinab zur zerklüfteten Talsohle. Ich richtete das Glas auf den Felsabsturz und versuchte den Schwierigkeitsgrad abzuschätzen, da stockte mir der Atem. Ich erblickte, aus dem Felsen plastisch hervortretend, eine Gestalt wie ein riesiges Kruzifix mit einem schwergliedrigen, gekrümmten Christus daran. Sie war sonderbar angestrahlt und schien vor dem Hintergrund zu leuchten. Ich senkte das Glas, rieb mir die Augen und sah dann nochmals hin. Diesmal sah ich nur Felswand mit Spalten und Furchen. Die besondere Beleuchtung hatte wohl, redete ich mir zu, die Erscheinung ausgelöst. Ich sprang auf, wollte das Gefühl, eine Vision gehabt zu haben, abschütteln und hastete zurück zum Boot, doch nach kaum fünfzig Metern wurde mir wieder beklommen zumute, denn mir entgegen kam eine hastig laufende Nonne. An einem derart wüsten, verlassenen Ort einer eiligen Nonne zu begegnen, um die das schwarze Ordenskleid flatterte, erschreckte mich so sehr, daß ich unwillkürlich zurückwich, als sie vorbeikam. Dann flüchtete ich.

Der Anblick von Erchy und Hector, die geruhsam bei ihrem Boot standen und mich erwarteten, war überaus beruhigend. Hector kam mir sogar entgegen und half mir ritterlich über die mit Seetang bewachsenen Felsbrocken. Ich war recht froh, mich an einem starken Arm festhalten zu können, dessen Muskeln ich durch den Jackenärmel fühlte. Erchy ging das Seil zur Abfahrt lösen, und ich wußte: Er war neugierig. Er kehrte zum Boot zurück, ohne es losgebunden zu haben.

»Ich denk, wir machen uns 'ne Tasse Tee, eh wir fahren. Zeit genug«, sagte er und warf mir einen forschenden Blick zu. »Sie frieren, was?« fuhr er fort. »Obwohl es heute weiß Gott nicht kalt ist.«

Erst jetzt merkte ich, daß ich tatsächlich zitterte. Ich überlegte, ob ich ihnen erzählen sollte, was ich gesehen hatte, und ob sie, falls ich es tat, glauben würden, ich hätte Halluzinationen.

In Bruach war es mir dann eine große Erleichterung, meine Nonne vor Janets Haus in der Sonne sitzen, Tee trinken und Scones essen zu sehen. An ihrem Appetit war nichts geisterhaft.

»Dieser Nonne bin ich vor einer Weile in den Hügeln begegnet«, vertraute ich Erchy an. Er nickte bestätigend.

»Ja, bestimmt. Sie hat nämlich Johnnys Boot gemietet und sich allein übersetzen lassen. Sie hat gesagt, nur für 'ne halbe Stunde und er sollte sie wieder heimfahrn. Ungefähr eine Stunde vor uns warn sie wieder da.«

Die geheimnisvolle Erscheinung des Kruzifixes aber war trotzdem noch nicht erklärt, und immer wieder fürchtete ich, es habe den Kletterern einen tödlichen Unfall vorangezeigt. Nachts schlief ich schlecht, lauschte gierig den Nachrichten, ob irgendwo Bergunfälle gemeldet würden, und meine Ängste vergingen erst, als Erchy Nachricht bekam, er möge die gleiche Klettergruppe wieder zum Festland zurückbefördern, alle munter und gesund. Die prophetische Gabe scheint mir nicht in die Wiege gelegt zu sein. Nicht daß ich es bedauerte.

Wir tranken unseren Tee, die beiden Männer rauchten entspannt und behaglich ihre Zigaretten und unterhielten sich hin und wieder über Schiffe und Vieh, ohne besonders auf meine Anwesenheit zu achten. Erchy rauchte seine dritte Zigarette nur halb und warf sie dann mit einem Ausruf ins Feuer. Hector sah ihn fragend an.

»Das Zeug dörrt mir die Kehle aus. Ich glaub allmählich, ich hab mich erkältet.«

»Wenn Sie eine trockene Kehle haben, brauen wir uns noch eine Kanne Tee«, schlug ich vor.

»Irgendwie kann ich nichts Heißes vertragen«, erwiderte Erchy. »Ich trink lieber Wasser.«

»Ich weiß«, sagte ich. »Mir geht es genauso. Morag hat heute für mich gebuttert, und im Schrank hinter dem Haus steht eine Schüssel Buttermilch. Die wird Ihrem Hals guttun.«

Erchy blieb sitzen.

»Wo steht denn die Buttermilch? Ich könnt selber einen Schluck brauchen«, sagte Hector.

»Im Schrank hinter dem Haus«, wiederholte ich. Er schlenderte hinaus und trug bei der Rückkehr die Buttermilchschüssel zärtlich zwischen seinen riesigen hohlen Händen und stellte sie auf den Tisch.

»Bedienen Sie sich, Erchy«, forderte ich ihn auf. Hector trank den Rest von seinem Tee und tauchte den Becher in die Buttermilch.

»Los, Erchy«, sagte ich noch einmal. »Sie sagen doch immer, Sie mögen Buttermilch so gern.«

Erchy rührte sich nicht. »Nein danke«, sagte er verlegen. »Ich würd nie ’nen Schluck Buttermilch von einer Frau annehmen, mit der ich nicht verwandt bin.«

Ich war verblüfft. »Warum denn nicht?«

»Ich will eben nicht. Kein Mann meiner Familie würde das tun.«

»Gibt es denn da einen Aberglauben?«

»Das ist kein Aberglauben«, entgegnete Erchy hitzig. »Es ist meinem Großvater und seinem Bruder passiert. Und seitdem gibt es keinen, der von einer Fremden Buttermilch annimmt.«

»Aber ich bin doch wohl kaum eine Fremde, Erchy«, machte ich leicht pikiert geltend.

Er ließ sich jedoch nicht überreden, und ich merkte, daß auch Hector zwar seinen Becher gefüllt, aber noch nicht an den Mund gesetzt hatte.

»Ich kenne die Geschichte von der Buttermilch und Ihrem Großvater nicht, aber wenn Sie schon keine wollen, müssen Sie mir wenigstens erklären, warum nicht.«

Erchy lehnte sich in seinem Stuhl zurück. »Den ›Sheehan‹ kennen Sie doch?« fragte er.

Ich nickte. Ich hatte vom Sheehan, dem Feenhügel, gehört und ihn eines Tages rein zufällig entdeckt auf der Suche nach einem Reiherstand, von dem die Einheimischen zwar wußten, daß er existierte, der aber, soweit ich feststellen konnte, auf keiner der Vogelkarten vermerkt war. Ich war durch Sümpfe gestolpert, durch Flüsse gewatet, in kleine Täler hinein- und wieder herausgeklettert und endlich zu meiner großen Freude auf den unzweifelhaften Beweis eines Reiherstandes gestoßen. Als ich durch einen Talkessel zurückkehrte, den ich nie zuvor erforscht hatte, fiel mir eine erhöhte Grünfläche auf, ungefähr in Rechteckform, die sich mitten im braunen Moor abzeichnete. Umgeben von all dem Grün erhob sich ein kleiner, mit Heidekraut bewachsener Hügel, etwa zweieinhalb Meter im Durchmesser und kaum höher als ich. Planlos verstreut lagen ringsum mehrere große, weiße Steine. Ich war müde, und das Hügelchen sah sehr einladend aus, daher setzte ich mich und lehnte mich gegen das federnde Heidekraut. Augenblicklich merkte ich, daß der Boden unter mir warm war. Ich richtete mich auf und betastete den Buckel. Kein Zweifel, er war warm. Ich stand auf, umrundete ihn, betrachtete seine Lage und überlegte mir eine wissenschaftlich-sachliche Erklärung für seine Fähigkeit, mehr Wärme zu absorbieren, zu speichern und auszuströmen als alle anderen Hügel, denn es war nicht das erste Mal, daß ich an so etwas rastete, und alle anderen waren ausnahmslos feuchtkalt gewesen. Schließlich kam ich zu dem Ergebnis, es müsse mit den vielen Karnickellöchern rings um die Hügelkuppe zusammenhängen. Möglicherweise erzeugte eine ganze Kaninchenkolonie die Wärme, die durch Erde und Heidewurzeln nach oben drang. Ich setzte mich wieder und ließ meine Phantasie eine Kindergeschichte erfinden, die mit einem warmen Hügelchen an einem sonderbar grünen Ort voller weißer Steine begann. Doch was mir Erchy jetzt erzählte, war keineswegs eine Kindergeschichte.

»Es war damals, als mein Großvater und sein Bruder das Vieh zur Frühjahrsauktion brachten. Sie mußten's über zwanzig Kilometer weit treiben, und wie sie dort warn, haben sie sich mit etwas von dem Geld 'n lustigen Tag gemacht. Mit 'nem Gläschen, mein ich. Dann haben sie das Zeug gesammelt, was sie gekauft hatten, und ein paar Sack Mehl auf den Rücken genommen und sich auf'n Heimweg gemacht. Es war ungefähr vier Uhr nachmittags und ziemlich heiß, und nach ungefähr einem Drittel fingen sie an zu jammern, daß sie weniger Whisky hätten trinken solln und daß sie 'n trockenen Mund hätten.

›Was gäb ich nicht für einen guten Schluck Buttermilch, um meinen Brand zu löschen‹, sagt der Bruder von meinem Großvater, Finlay mit Namen.

›Aye‹, sagt mein Großvater, ›zu trinken kriegen wir erst wieder in der nächsten Croft, und bis dorthin sind's immer noch sechs Kilometer.‹

Und in dem Moment kommt ihnen eine Frau entgegen mit Eimer und Schüssel in der Hand. Eine schöne Frau, nicht jung, nicht alt, und hat das Haar in zwei langen Zöpfen.

›Na, ihr Burschen‹, begrüßt sie sie. ›Hab ich nicht gehört, ihr habt Lust auf einen Schluck Buttermilch, ich hab grad gebuttert. Trinkt und löscht euren Durst.‹ Und gießt Milch aus dem Eimer in die Schüssel und hält sie ihnen hin. Mein Großvater wird mißtrauisch und lehnt ab, und es freut ihn nicht, daß Finlay die Schüssel nimmt und trinkt. Dann sagt die Frau: ›Mein Haus ist gleich da drüben im Glen, wollt ihr nicht mitkommen und euch 'n Weilchen ausruhn?‹ Da merkt mein Großvater, daß das keine gewöhnliche Frau ist, weil er den Weg schon oft gegangen ist und noch nie irgendein Haus im Glen gesehn hat. Aber Finlay hat anscheinend keinen Verdacht. ›Komm schon‹, drängt er und folgt der Frau. Mein Großvater weiß, daß er seinem Bruder folgen und versuchen muß, ihn vor den Elfen zu retten, eh die total die Macht über ihn haben, und folgt ihm, und sie kommen zu 'nem grünen Fleck mit 'nem Heidehügel in der Mitte, einem *cnoc*. In dem *cnoc* ist ein dunkler Gang und dahinter 'ne schwere, dicke Tür, und von drin hört man Musik und Lachen und Tanzen. Finlay ist begeistert, aber mein Großvater weiß, daß es eine Falle ist, und versucht ihn dazu zu kriegen, daß er umkehrt. Aber die Tür geht auf, und Finlay folgt der Frau hinein. Mein Großvater meint schon, jetzt ist er endgültig futsch, dann fällt ihm ein, daß er nach der Viehauktion ein Päckchen eiserne Nägel gekauft hat, und die hat er in der Tasche. Und tut, als ob er müd ist von dem schweren Mehlsack, und stolpert im Türrahmen und treibt ganz heimlich 'n Nagel rein, daß die Elfen es nicht merken. Er weiß, ohne den Nagel kommt er zu der Tür nie wieder raus. Drinnen werden sie zum Tanzen aufgefordert, und Finlay tut mit, immer noch mit'm Mehlsack auf'm Rücken. Du meine Güte, wie die tanzen. Und schwenken Finlay rum, immer wieder ein andrer, und dazu diese seltsame, wüste Musik, vor der sich mein Großvater so fürchtet, daß er sich Moos in die Ohren stopft, damit er sie nicht hörn muß.

›Wenn du nicht mittanzen willst, setz dich doch an den Herd‹, sagt die Frau mit der Buttermilch zu meinem Großvater und zeigt ihm die weißen Herdsteine, doch er will sich nicht setzen und bleibt stehn, mit'm Mehlsack auf'm Rücken, und wartet auf 'ne Gelegenheit, seinem Bruder 'nen Nagel in die Tasche zu stecken und ihn vor den Elfen zu retten. Aber der Finlay hört keine Sekunde auf zu tanzen, und samt dem Mehlsack auf'm Rücken schwitzt er nicht und wird auch nicht die Spur müd. Schließlich prallt Finlay gegen seinen Bruder, und das ist der rechte Moment, mein Großvater steckt ihm den Nagel in die Tasche, und Finlay ist, wie wenn er aus 'nem Traum aufwacht. Die beiden sausen zur Tür, reißen sie auf und rennen und rennen, ungefähr sechs Kilometer rennen sie, bis sie die nächste Croft sehn. Und dann ist Finlay zusammengebrochen wie tot, und mein Großvater hat ihn kaum wieder wachgekriegt. Er hat sich Hilfe aus dem Crofthaus geholt und denen die Geschichte erzählt, und bald taten sich alle Dörfler zusammen und riefen den Geistlichen, daß er mitgehn sollte, und folgten meinem Großvater an den Ort mit dem grünen Gras und dem Heidehügel, dem *cnoc.* Aber sie fanden keinen Gang und keine Tür. Und sie haben mit Spaten den *cnoc* umgegraben und nichts gefunden, was die Geschichte von Großvater hätt beweisen können, nur die flachen weißen Steine, die aussahn wie Herdsteine, und die haben sie rausgeworfen und rings um den *cnoc* verstreut.«

»Und einen Nagel, stimmt's«, erinnerte ihn Hector. »Einen glänzenden, ganz neuen Nagel, wie nie benutzt.«

»Aye«, fiel es Erchy wieder ein. »Aye, da hast du recht.«

»Der hat Glück gehabt, daß er die Nägel gekauft hat«, murmelte Hector.

»Und was ist mit Finlay?« fragte ich. »Hat er sich von der Tortur wieder erholt?«

»Er war nie wieder derselbe«, erwiderte Erchy. »Er hat drei Tag lang geschlafen, eh sie ihn wecken konnten, und als er wieder bei sich war, hat er so gestottert, daß man ihn kaum noch verstanden hat. Und das ist er nie mehr losgeworden. Nie.«

Ich zeigte auf den Becher Buttermilch, der noch immer unberührt war, und neckte sie: »Aha, ihr traut mir also nicht genug, um meine Buttermilch zu trinken.«

Hector nahm tapfer den Becher in die Hand, wünschte mir Gesundheit und trank in tiefen Zügen. Er schmatzte. »Das war gut«, sagte er.

Erchy meinte: »Bei dem macht's nichts. Schaun Sie, er hat genagelte Stiefel an.«

»Ach, Erchy«, lachte ich, »können Sie sich etwas vorstellen, was weniger einer Elfe gleicht als ich? Nun mal ehrlich? Ich müßte doch eine schöne Frau sein, wenn ich Sie verführen und behexen wollte. Schauen Sie mich doch um Himmels willen genau an, und sehen Sie selbst, daß ich nicht die mindeste Ähnlichkeit mit einer Fee habe.«

Selbst in den günstigsten Augenblicken bin ich keine Schönheit, und ich wußte, wie scheußlich ich nach der Grippe aussehen mußte: schlappes Haar, geschwollene, rotgeränderte Augen, rote Nase und bleiche, aufgesprungene Lippen. Erchy musterte mich lange und intensiv.

»Na?« fragte ich ironisch. »Hab ich irgend etwas Verführerisches?«

»Nein«, gab er unbarmherzig zurück, nahm die Schale Buttermilch und trank sie bis auf den letzten Tropfen leer.

Lillian Beckwith im dtv

»Wenn eine unerschrockene Britin sich in die Hebriden verliebt, kann sie bücherweise davon berichten. Wie Lillian Beckwith, die damit der urigen Inselwelt ein herrliches Denkmal setzt.« (Hörzu)

In der Einsamkeit der Hügel
Roman · dtv 11648

Eigentlich wollte »Becky« sich auf einer Farm in Kent erholen. Doch in letzter Minute kommt ein Brief von den Hebriden, der schon durch seine sprachliche Eigenart das Interesse der Lehrerin weckt. Aus der Erholungsreise wird ein Aufenthalt von vielen Jahren auf der »unglaublichen Insel«. – »Nur wer die Landschaft und die Bewohner der Inseln so intensiv kennengelernt hat, kann ein solches Buch schreiben. Die Marotten der Bewohner, deren Gastfreundlichkeit werden so liebevoll geschildert, daß es ein reines Lesevergnügen ist, ihren Wegen zu folgen.« (Hannoversche Allgemeine Zeitung)

Die See zum Frühstück
Roman · dtv 11820

»Sie werden nur Schafe zur Gesellschaft haben.« Diese Warnung hält Lillian Beckwith nicht davon ab, ein seit Jahren leerstehendes Cottage zu erwerben. Mit wahrer Begeisterung stürzt sich die »Aussteigerin« in die Renovierung ihres Besitzes und in das Leben einer Inselbewohnerin ...

Auf den Inseln auch anders
Roman · dtv 11891

»Miss Peckwitt«, die auf den Hebriden ihre zweite Heimat gefunden hat, führt ein Leben, das bestimmt ist von Winterstürmen, Sommermücken, launischen Brunnen und anspruchsvollen Kühen. Vor allem aber sind es die eigenwilligen Charaktere und besonderen Gepflogenheiten der Inselbewohner, die ihr Stoff zu immer neuen Geschichten liefern...

Alle Romane wurden ins Deutsche übertragen von Isabella Nadolny.

Eveline Hasler im dtv

Anna Göldin
Letzte Hexe
Roman · dtv 10457

Die erschütternde Geschichte des letzten Hexenprozesses in der Schweiz im Jahre 1782. Die eigenwillige und schöne Anna Göldin, die als Frau und als Dienstmagd am untersten Ende der sozialen Stufenleiter steht, wird zum Opfer des bornierten, frauenverachtenden Justizapparats und der bürgerlichen Selbstherrlichkeit in der Provinz.

Novemberinsel
Erzählung
dtv 10667

Eine junge Frau zieht sich mit ihrem jüngsten Kind ausgerechnet im November auf eine Mittelmeerinsel zurück in der Hoffnung, aus einer psychischen Krise herauszufinden. »Die Gefühle und Gedanken dieser Frau, ihre Seelenangst, faßt die Autorin Eveline Hasler zu einer spannenden Charakterstudie zusammen.« (Hannoversche Allgemeine Zeitung)

Ibicaba
Das Paradies in den Köpfen
Roman · dtv 10891

Im 19. Jahrhundert sind Hunger und Elend in einigen Kantonen der Schweiz so groß, daß es zu einer riesigen Auswanderungswelle ins »gelobte Land« Brasilien kommt. Doch das vermeintliche Paradies entpuppt sich für die meisten als finstere Hölle.

Der Riese im Baum
Roman · dtv 11555

Die Geschichte Melchior Thuts (1736–1784), des *größten* Schweizers aller Zeiten. Eine Geschichte von Glanz und Elend, von Machthabern und Opfern – ein historischer Roman, der das 18. Jahrhundert in seiner ganzen Gegensätzlichkeit zeigt: als Epoche, in der die Wurzeln unseres modernen Denkens, aber auch der modernen Fehlentwicklungen liegen.

Margriet de Moor im dtv

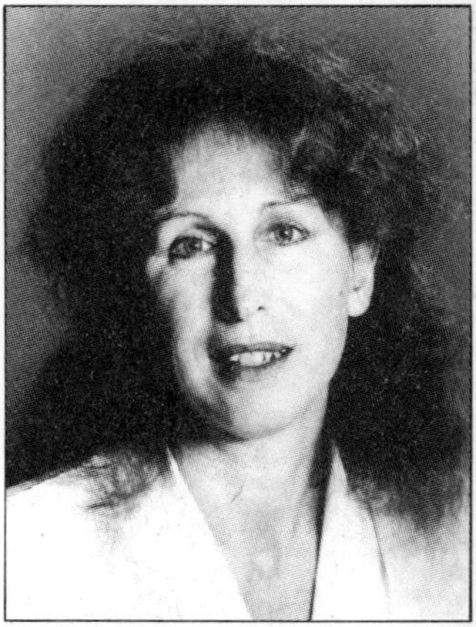

Foto: Ronald Hoeben

Rückenansicht
Erzählungen
dtv 11743

Sophie war noch ein junges Mädchen, als ihre Eltern nach Australien auswanderten. Zum Familienbesuch kehrt sie in die Niederlande zurück. Was wirklich war, erfährt sie erst jetzt im Rückblick, was sein könnte, zeigt ihr die Begegnung mit einem Jugendfreund. Plötzlich scheint alles möglich.

Doppelporträt
Drei Novellen
dtv 11922

In der Kindheit der beiden Schwestern gibt es einen faszinierenden Fremden, den Spanier, der ein Porträt ihrer Mutter malte. Mit ihm werden die aufregenden Dinge, die in ihren Büchern stehen, beinahe Wirklichkeit. Viele Jahre später, sie sind inzwischen erwachsen und haben selbst Familie, machen sie sich auf die Suche nach ihm ...

»De Moor erzählt auf eine unerhört gekonnte Weise. Mit einer zwingenden, aber nie aufdringlichen symbolischen Verdichtung der Ereignisse (vor allem die aus den anderen Büchern der Sängerin Margriet de Moor vertraute Musiksymbolik). Ihr gelingen die zwei, drei leicht hingesetzten Striche, die eine Figur unverkennbar machen. Und die eleganten Wechsel zwischen den Erzählebenen, all den Momenten damals und jetzt, die für sich nichts, im Zusammenhang alles bedeuten. Und sie hat das Gespür für das Offene, das Rätsel, das jede Erzählung behalten muß, von dem man aber nie sagen kann, wie groß es eigentlich sein soll und darf.«
(Christof Siemes in der ›Zeit‹)

Nina Bawden im dtv

Foto: Jerry Bauer

»Nina Bawdens große erzählerische Begabung ist, uns durch scheinbar ganz normale Straßen zu führen. Und dann reißt sie die Fassaden ein und zeigt uns das seltsame und leidenschaftliche Geschehen hinter den verschlossenen Türen…«
(David Holloway im ›Daily Telegraph‹)

Besuch bei Freunden
Roman · dtv 11635

Laura ist glückliche Ehefrau und Mutter und hat Erfolg als Schriftstellerin. Eigentlich müßte sie sich nur noch Sorgen um ihre Verdauung oder den nächsten Zahnarztbesuch machen. Doch ihr Sohn aus erster Ehe landet im Gefängnis, und sie hat Alpträume, in denen das Haus über ihr zusammenbricht…

Das Eishaus
Roman · dtv 11775

Daß Ruth ihre ganze Kindheit hindurch von einem Vater, der halb verrückt aus dem Krieg nach Hause kam, mißhandelt wurde, macht es ihr später, als ihr Leben scheinbar so geordnet und angenehm verläuft, schwer, den Tatsachen ins Auge zu sehen. Die Affäre ihres Mannes mit einer anderen Frau bringt sie völlig aus dem Gleichgewicht.

Eine Frau in meinen Jahren
Roman · dtv 11726

Die Ereignisse auf einer Urlaubsreise nach Marokko werden für Elizabeth zum Anlaß, den eigenen Lebenslügen nachzuspüren. Besonders als sie feststellt, daß ihr Mann schon lange ein Verhältnis mit der Freundin der Familie hat, die ihnen dort scheinbar zufällig begegnet. Aber auch Elizabeth ist für Überraschungen gut.

Kunst der Täuschung
Roman · dtv 11908

Ein Mann, zwei Frauen, Kinder. Er verdient sein Geld mit den Kopien alter Meister. Täuschung ist sein Lebenselement. Doch manchmal täuscht er sich auch selbst. »Eine äußerst komische Geschichte, faszinierend und unterhaltsam im höchsten Maße.« (The Independent)